हिन्द पॉकेट बुक्स

धरती सागर और सीपियां

अमृता प्रीतम पंजाबी के सबसे लोकप्रिय लेखकों में से एक थी। अमृता प्रीतम का जन्म 1919 में गुजरांवाला पंजाब (भारत) में हुआ। उनका बचपन लाहौर में बीता और शिक्षा भी वहीं हुई। किशोरावस्था से उन्होंने लिखना शुरू किया। उन्होंने सौ से अधिक कविताओं की किताब लिखी, साथ ही फिक्शन, बायोग्राफी, आलेख और आटोबायोग्राफी लिखकर साहित्य में नया मुकाम हासिल किया। इनकी तमाम पुस्तकों का कई भारतीय भाषाओं सहित विदेशी भाषाओं में भी अनुवाद हुआ। अमृता प्रीतम पहली महिला लेखिका हैं, जिन्हें 1956 में साहित्य अकादमी पुरस्कार मिला। 1982 में उन्हें *काग़ज़ ते कैनवास* के लिए ज्ञानपीठ पुरस्कार मिला। 2004 में पद्मविभूषण भी प्रदान किया गया।

धरती सागर और सीपियां

अमृता प्रीतम

हिन्द पॉकेट बुक्स
पेंगुइन रैंडम हाउस इम्प्रिंट

हिन्द पॉकेट बुक्स

यूएसए। कनाडा। यूके। आयरलैंड। ऑस्ट्रेलिया। सिंगापुर
न्यू ज़ीलैंड। भारत। दक्षिण अफ्रीका। चीन

हिन्द पॉकेट बुक्स, पेंगुइन रैंडम हाउस ग्रुप ऑफ़ कम्पनीज़ का हिस्सा है,
जिसका पता global.penguinrandomhouse.com पर मिलेगा

पेंगुइन रैंडम हाउस इंडिया प्रा. लि.,
चौथी मंजिल, कैपिटल टावर -1, एम जी रोड,
गुड़गांव 122 002, हरियाणा, भारत

पेंगुइन
रैंडम हाउस
इंडिया

प्रथम संस्करण हिन्द पॉकेट बुक्स द्वारा 2002 में प्रकाशित
यह संस्करण हिन्द पॉकेट बुक्स में पेंगुइन रैंडम हाउस द्वारा 2022 में प्रकाशित

10 9 8 7 6 5 4 3 2

इस पुस्तक में व्यक्त विचार लेखक के अपने हैं, जिनका यथासंभव तथ्यात्मक सत्यापन किया गया है, और इस संबंध में प्रकाशक एवं सहयोगी प्रकाशक किसी भी रूप में उत्तरदायी नहीं हैं।

ISBN 9789353495459

मुद्रकः रेप्रो इंडिया लिमिटेड

www.penguin.co.in

इकबाल की अम्मां के नाम...

धरती, सागर और सीपियां

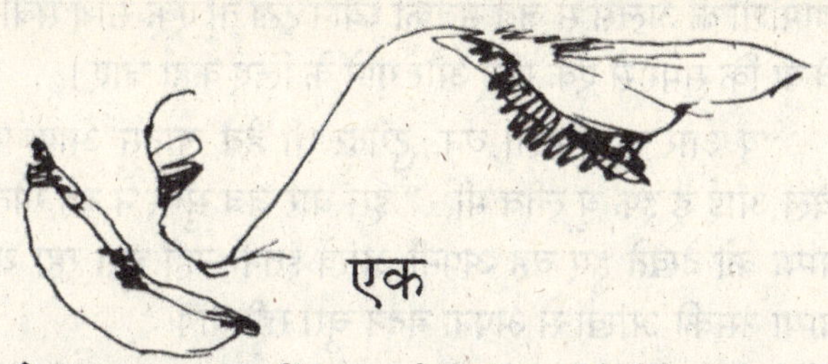

एक

होनी कई बार इस तरह सालों चुप साधे बैठी रहती है जैसे उसने अपने मुंह में घुघनी डाल रखी हो ।

चेतना तब पंद्रह साल की थी और उसके भाई सुमेर को अठारहवां लगा था, तब चेतना ने उसके जन्मदिन पर अपनी सहेलियों को भी बुलाया था, और उसके दोस्तों को भी। छः-सात लड़कियां थीं। इनमें से एक थी आधी सोई आधी जागती आंखोंवाली मिन्नी, और एक थी गेहुएं रंग और तराशे हुए नक्शोंवाली चम्पा। सुमेर के अतिरिक्त लड़कों में से होनी ने जिसकी ओर आंख भरकर देखा था, वह था चेतना का पड़ोसी इकबाल। इकबाल की आंखें अपने साथियों के चेहरों की ओर, लगता था, जैसे देखती न हों, बल्कि चेहरों के ऊपर से तैरकर निकल जाती हों।

कुछ देर गीतों का एक साधारण खेल चलता रहा। पहले गीत की आख़िरी पंक्ति जिस शब्द पर खत्म होती, दूसरे गानेवाले को वह गीत गाना होता था, जिस गीत की पहली पंक्ति उसी शब्द से शुरू होती हो।

लेकिन महफिल में रंग भर गया, जब लड़कियों ने सुमेर से गिटार के साथ अपनी पसंद का गीत गाने के लिए कहा। लड़कियों ने चेतना से सुन रखा था कि सुमेर गिटार बहुत अच्छी बजाता है।

"यू आर माई थीम फार ए ड्रीम"–सुमेर जब तक इस गीत को गाता रहा, आंखें चुराकर चम्पा की तरफ देखता रहा। चम्पा की चुन्नी जितनी उसके घुटनों में घिरी हुई थी, उससे ज़्यादा वह खुद अपने घुटनों में सिकुड़ी हुई थी।

गीत खत्म होने पर कुछ मिनट सब इस तरह चुपिया गए थे जैसे सबको कोई न कोई 'थीम' मिल गया हो और सभी कोई न कोई सपना देख रहे हों। सचमुच ही सुमेर गिटार बड़ी खूबसूरत बजाता था। कुछ मिनटों के बाद

खामोशी के अलस से जब सबका ध्यान टूटा तो एक-साथ सबों ने महसूस किया कि सुमेर से एक गीत् और गाने के लिए कहा जाए।

"यू आर द ओनली वन...टुगैदर वी हैव लाटस आफ फन्...व्हाट विल आई डू इफ यू लीव मी..." इस बार जब सुमेर ने यह गीत गाया तो चम्पा को देखते हुए वह अपनी आंखें इतनी नहीं चुरा रहा था, जितना चम्पा उसकी आंखों से अपना बदन चुरा रही थी।

गीत के बोलों से कमरे की हवा गर्मा रही थी। सब लड़कियों ने महसूस किया कि उनका सांस गर्म हो आया था और फिर जब लड़कियों ने एक-एक कर चम्पा की ओर देखा तो ईर्ष्या ने उनके सांस को और भी गर्मा दिया।

गीत खत्म हुआ तो दो लड़कियों ने सुमेर से एक नये गीत की फर्माइश की, "यू आर स्वीट सिक्सटीन, ओ यू आर बिउटीफूल एण्ड यू आर माईन...ओ माई एंजल डिवाईन..."

सुमेर ने हाथ में फिर गिटार ले ली और गाने लगा, "ओ माई एंजल डिवाईन यू आर स्वीट सिक्स..." और तभी अचानक गिटार को एक तरफ रखकर बोला, "नहीं, मैं यह गीत नहीं गा सकता।"

"सुमेर!" चेतना ने चमककर कहा।

"नहीं गा सकता, क्योंकि..." सुमेर ने हंसकर चम्पा की तरफ देखा और बोला, "समवन इज़ नाट यैट सिक्सटीन!"

चुराकर देखती हुई आंखों को तो कुछ कहा जा सकता है, पर सीधा एकटक देखती आंखों को कोई क्या कहे! लड़कियां खिलखिलाकर हंस पड़ीं, और चम्पा घुटनों में इस तरह सिकुड़ गई जैसे सिर से पैरों तक वह सारी की सारी सिर्फ दो घुटने बन गई हो।

सब लड़कियां कुछ बड़ी थीं, पर चम्पा चेतना की हमउम्र थी–पंद्रह साल की। चेतना ने चम्पा को बड़ी लड़कियों के मज़ाक से बचाने के लिए सबका ध्यान मिन्नी की तरफ फेरा और बोली, "आज हम मिन्नी से 'चांद की घंटियों' वाला गीत सुनेंगे।"

मिन्नी की आधी सोई और आधी जागती आंखें एक झपक में इस तरह मुंद गईं कि उसकी दोनों आंखें काजल की मोटी-मोटी लकीरों की तरह

दिखाई देने लगीं। लड़कियों ने जब मिन्नी को घेर लिया तो चेतना को ख्याल आया कि मिन्नी ने एक दिन उसे जो 'भेद' की बात बताई थी, वह बात उसे सब लड़कियों के सामने नहीं बतानी चाहिए थी। उसने जल्दी से उठकर लड़कियों को प्लेटें थमानी शुरू कर दीं और बोली, "पहले चाय पी लें, नहीं तो मेरी माताजी कहेंगी कि हमने चाय ठंडी कर दी!"

–और फिर यह भी उसी दिन की बात है। चेतना ने सबों को अपने बगीचे में फूलों के पौधे दिखाते हुए इकबाल से कहा कि एक जापानी किताब में से पढ़कर वह जो फूल-पौधों को नये ढंग से रोपने का तज़रबा कर रहा था, आज पार्टी के बाद वह उसे ज़रूर दिखाए।

जब सब अपने-अपने घर चले गए तो चेतना इकबाल के साथ उसके घर उसका नया तज़रबा देखने के लिए चली आई। इकबाल का घर चेतना के घर के पीछे पड़ता था। बहुत छोटा-सा साधारण घर था, लेकिन घर की पिछली तरफ एक काफी बड़ा कच्चा आंगन था। इसी आंगन में इकबाल ने पौधे लगा रखे थे।

देखकर चेतना ठगी-सी रह गई। किसी पौधे के नीचे लकड़ी की फांकें गड़ी हुई थीं, तो किसी पौधे का सिर तारों में कसा हुआ था। कई टहनियों की रस्सियों और धागों से गांठें मार दी गई थीं।

"इकबाल! ...." चेतना ने सहमी नज़र से पहले पौधों, और फिर इकबाल की तरफ देखकर घबराई हुई आवाज़ में कहा, "तुम्हें ये सारे पौधे इस तरह नहीं लगते जैसे ये सब लंगड़ा गए हों?"

"चेती!" इकबाल ने चेतना के चेहरे की ओर देखा। इकबाल जब भी किसी के चेहरे की तरफ देखता, किसी को यह महसूस नहीं होता था कि उसकी आंखें उसे देख रही हैं। हमेशा ऐसा लगता था जैसे उसकी आंखें चेहरे के ऊपर से तैरकर गुज़र जाती हैं। पर उस दिन चेतना को लगा कि इकबाल ने सचमुच उसके चेहरे की तरफ देखा था, और यह देखना इस तरह का था जैसे उसने आंखों से उसके मुंह पर एक चपत मार दी हो। चपत खाकर चेतना को लगा कि उसे खुद को तो कुछ नहीं हुआ, पर चपत मारनेवाला चपत मारकर जैसे रोने पर उतर आया हो!

जब की यह बात है, चेतना तब पंद्रह साल की थी, और दसवीं का

इम्तिहान दे चुकी थी। इकबाल तब अठारह साल का था और हाल ही में उसने प्री-मैडीकल का इम्तिहान देना था। उसके बाद चेतना ने कालेज में दाखिला ले लिया और इकबाल डाक्टरी करने के लिए पूना चला गया। इकबाल पैंसठ प्रतिशत नंबर लेकर पास हुआ था, जिससे दिल्ली में उसे आसानी से दाखिला ही नहीं वज़ीफा भी मिल सकता था। लेकिन पूना में फीस और होस्टल के खर्च के अलावा किताबें भी कालेज की तरफ से मिलती थीं और साथ में जेब-खर्च के लिए पचहत्तर रुपये भी अलग। कालेज की तरफ से साथ में यह शर्त भी थी कि 'डिग्री' लेने के बाद वह हमेशा के लिए फौज की नौकरी में आ जाएगा। डिग्री लेते ही उसेने लेफ्टीनैंट बन जाना था, और छः महीने के बाद कैप्टन। इस तरह उससे देखते-देखते लैफ्टीनैंट-कर्नल हो जाना था। इकबाल के यह रास्ता चुनने में एक दूसरा भी कारण था। इस रास्ते को चुनने से उसकी मां के दुःखों के दिन बीत जाने थे।

सुमेर अभी कालेज में ही पढ़ता था, जब उसने बातों-बातों में एक बार चम्पा से पूछा था कि उसे कैसे आदमी पसंद हैं–किन डिग्रियों वाले। जवाब में शरमाई-शरमाई हुई चम्पा ने जब कहा था कि उसे जहाज़ों के कप्तान अच्छे लगते हैं, तो सुमेर ने कालेज छोड़कर मर्चेंट नेवी में अपना नाम लिखवा लिया था।

चेतना और चम्पा कालेज में दाखिल हो गईं। चेतना डे स्कालर थी, पर चम्पा जिस तरह स्कूल के दिनों में स्कूल के होस्टल में रहती थी, उसी तरह उसने कालेज के दिनों में कालेज के होस्टल में रहना शुरू कर दिया। उसके मां-बाप दिल्ली में नहीं रहते थे। उसका पिता अमृतसर में कपड़े का व्यापारी था।– और आधी सोई आधी जागती आंखों वाली मिन्नी ने, 'चांदी की घंटियों' वाले जिस भेद को एक दिन चेतना से साझा किया था, उसके बाद उस भेद को उसने कभी किसी को न बताया, पर उसी तरह अपनी कापी में मुहब्बत के गीत लिखती रही।

कोई एक साल बीत गया। पर होनी इस तरह चुप साधकर बैठी रही, जैसे उसने अपने मुंह में घुघनी डाल रखी हो।

दो

चेतना जिस तरह नियमपूर्वक कालेज जाती थी, उसीं तरह नियमपूर्वक कालेज से आकर एक प्याला चाय पीकर इकबाल के घर जाती और सब पौधों को सींचती थी।

"भला अम्मां! यह तार इकबाल ने क्यों लपेट दी थी?"

"क्या मालूम बेटी! उसी को मालूम होगा।"

"और अम्मां, यह सिर्फ मुझे ही लगता है या तुम्हें भी-इस पौधे ने हाथ में लाठी इस तरह पकड़ी हुई है, जैसे यह लंगड़ा हो..."

चेतना हंसने लगती, अम्मां भी हंस जाती। इस तरह इधर-उधर की बातें चेतना किए जाती और हंसे जाती, पर उसने कभी किसी पौधे से तार नहीं हटाई, कभी किसी टहनी के हाथ से लाठी नहीं अलगाई, कभी किसी बेल पर से इकबाल की बांधी रस्सी नहीं खोली।

"अलग खोलकर रख दो न ये तारें..." अम्मां ने कई बार कहा।

"लोग कहते हैं, हाथों से गंडाई रस्सियां दांतों से खोलनी पड़ती हैं; जिसने अपने हाथों से ये गांठें दी हैं, वही आकर खोलेगा भी, मेरे दांत क्या फालतू हैं..." चेतना हर बार यह बात कहकर हंस पड़ती।

इकबाल अपनी मां को अम्मां कहकर बुलाता था, उसी की रटन पर चेतना भी अम्मां कहती थी। शुरू-शुरू में वह 'अम्मांजी' कहा करती, पर अम्मां को यह 'जी' अनावश्यक लगता था, जिससे चेतना उसे अब सिर्फ अम्मां कहती थी।

कई बार जब चेतना आती, अम्मां ने अपने लिए चाय का पानी भी न चढ़ाया होता। ऐसे मौकों पर काम लेने के लिए चेतना के पास एक कारगर हथियार था। चेतना अम्मां से कहती कि आज वह इकबाल को ज़रूर एक चिट्ठी लिखेगी कि अम्मां न समय पर खाना खाती हैं, और न ही चाय पीती

हैं। यह हथियार उसके हाथ में इकबाल के खतों में से ही आया था। अपने हर खत में वह अम्मां से ताकीद करता था कि अगर उसने अपना खयाल न रखा तो वह पढ़ाई छोड़कर वापस चला आएगा। और अम्मां जब भी इकबाल को चेतना से खत लिखवाती थी तो उसमें वह हर बार इकबाल को यकीन दिलाती कि उसकी सेहत बिलकुल ठीक है। चेतना अम्मां को इकबाल के सारे खत पढ़कर सुनाती थी और अम्मां की तरफ से जवाब भी लिखती थी। इकबाल को गए तीसरा साल हो आया था, पर उसने अपनी तरफ से आज तक इकबाल को एक भी शब्द नहीं लिखा था। इकबाल ने भी जाने क्या ज़िद पकड़ रखी थी। वह अच्छी तरह जानता था कि अम्मां की तरफ से जितने भी खत आते हैं, वे चेतना के लिखे होते हैं। पर उसने शुक्रिया की आड़ में भी चेतना के लिए कभी कुछ नहीं लिखा था।

"ना-शुकरा कहीं का!" अम्मां अक्सर हंसकर कहा करती। पर साथ ही वह उसके ना-शुकरे होने का कारण भी ढूंढ लेती थी, "शुरू से ही शर्मीला है, जाने किसपर गया है..."

पिछले साल, और उससे पिछले साल भी, इकबाल छुट्टियों में एन०सी०सी० की ट्रेनिंग के लिए बम्बई चला गया था जिससे वह अम्मां को मिलने के लिए दिल्ली न आ सका। इस बार उसने लिखा था कि वह दिल्ली ज़रूर आएगा।

"कितने दिन रह गए हैं उसके आने में?" अम्मां बैठी-बैठी उंगलियों पर हिसाब करने लगती।

"अम्मां! खत लिखने के लिए तो तुमने मुझे अपनी मुंशिन रखा ही है दिन गिनने के लिए भी मुझे अपनी मुंशिन रख लो!" चेतना हंसने लगती।

"तुम्हारा दिया मैं किस जन्म में चुकाऊंगी, बेटी!" कई बार अम्मां की आंखें छलक आतीं। आंखें आंसुओं से इतनी नहीं छलकती थीं, जितनी उन बातों से, जो अम्मां ने कभी चेतना से नहीं की थीं।–एक दिन अम्मां से कुछ बातें भी छलक गईं–

"खुदा अगर एक हाथ से कहर कमाता है, तो दूसरे हाथ से कितनी बड़ी मेहर कर देता है–कभी किसी के घर इस जैसा बेटा जन्मा है..."

"सच अम्मां, तुम किस्मतवाली हो, मेरा सुमेर 'वीर' बहुत अच्छा है, पर इतना लापरवाह है कि मुझे बार-बार उसे खत लिखकर याद दिलानी पड़ती है

कि वह मां को खत क्यों नहीं लिखता!"

"सुमेर का इसमें कोई कसूर नहीं बेटी। ये जांचें शायद दुःखों से ही समझ आती हैं...मैं इकबाल के लिए हमेशा ताज़ी रोटी उतारा करती थी। खुद कभी मैं रात की बासी खा रहती, या चाय के घूंट से ही चला लेती। इतना-सा तो था...पर उसने जाने किस आंख से भांप लिया...बस एक ही बात पकड़ बैठा कि मुझे गर्म रोटी अच्छी नहीं लगती। थाली में धरी रोटी एक तरफ सरका देता और डिब्बे से बासी रोटी निकालकर खा लेता ... उसने तो जैसे अपने मुंह के स्वाद को भी रस्सी में गांठ रखा हो ..."

चेतना को आंगन में लगे पौधे याद हो आए। वह कभी अम्मां की टरंकी पर रखी इकबाल की तस्वीर के चेहरे की तरफ और कभी पेड़ों के चेहरों की ओर देखने लगी।

"और अभी की लो...पचहत्तर रुपये उसे मिलते हैं कालेज से खर्च के लिए। जाने अपने लिए कैसे चलाता है, पचास रुपये महीना वह मुझे यहां भेजे दे रहा है।"

"अम्मां!"

"दो साल और मुश्किल है, फिर मेरा इकबाल..."

"डाक्टर इकबाल बन जाएगा।"

"भला गिनो तो बेटी, कितने दिन रह गए हैं उसके आने में?"

चेतना जानती थी कि छुट्टियां होने में अभी दो महीने बाकी हैं। अम्मां को बातों में उलझाने के लिए बोली :

"बस, अब मेरा इम्तिहान शुरू होने ही वाला है। इम्तिहान खत्म होने पर कुछ दिन नतीजा आने में लगेंगे। नतीजा आ जाने के बाद तब कहीं छुट्टियां हो जाएंगी और जब छुट्टियां हो जाएंगी तो डाक्टर साहब दिल्ली आ जाएंगे...पौने डाक्टर साहब," और फिर हंसते-हंसते चेतना ने अम्मां से पूछा, "अच्छा अम्मां! अभी तो इकबाल आधा-पौना डाक्टर ही बना है, जब वह पूरा डाक्टर बनेगा...डाक्टर साहब...तो मुझे क्या खिलाओगी?"

"मैं तो पहले ही कह रही हूं बेटी! तुम्हारा दिया न जाने किस जनम में चुकाऊंगी..."

"मैं उधार नहीं करने की अम्मां किसी जनम का। जो कुछ देना हो इसी जनम में दे जाना!"

जाने क्या बात अम्मां के दिल में आई, बात शायद बहुत रोशन थी, दिल से उठकर उसकी रोशनी बाहर अम्मां के चेहरे पर दिखाई देने लगी। अम्मां का बदन बड़ा सुबक था, भट्ठी की पकी हुई मिट्टी जैसा उसका रंग दमकने लगा, उसके गले की हरी कमीज के धब्बे जैसे हाथ में सुई लेकर उसकी कमीज़ पर फूल बनाने लगे, और उसकी नाक में पहनी चांदी की तीली हीरे की तीली की तरह सुलग उठी ... और फिर देखते-देखते रोशनी से लबालब वह बात मालूम नहीं कहां चलीं गई। शायद उसे अम्मां के दिल में ठहरे रहने का हौसला नहीं हुआ।

"तो फिर कितने दिन रहे उसके आने में? कनेर की फूल पड़ने लगे हैं, उसके आने तक तो कनेर फूलों से भर जाएगी? चांदनी तो अभी से फूलों में सरसा गई है। तब तक तो शायद अनार की कलियां भी निकल आएं, कल मैंने एक कली चटखी हुई देखी थी।"

अम्मां, तुम दो महीने की बात तो सोच रही हो, पर दो सालों की बात नहीं सोचती हो।

"दो सालों की?"

"दो सालों के बाद तुम इन सब फूलों को छोड़कर मालूम नहीं कहां चली जाओगी।"

"मैं ...मैं कहां चली जाऊंगी?"

"तुम्हरे डाक्टर साहब को जब सरकारी बंगला मिलेगा..."

बंगले की बात सुनकर अम्मां की आंखों में एक सपना उतर आना चाहिए था, पर अम्मां ने अपनी आंखें इस तरह झपकीं जैसे कोई सपना आंखों की तरफ आता भी हो तो दूर चला जाए।

"मुझे सपनों से बड़ा खौफ आता है...मुझे यही झोंपड़ी अच्छी है, जहां मैंने अपने बेटे की छाया में उमर काटी है, बाकी दिनों में भी मुझे बस उसकी छाया की जरूरत है, और कुछ नहीं चाहिए।"...

अम्मां जब बोल रही थी तो चेतना ने पहली बार ज़िन्दगी के इस भेद को

समझा कि इकबाल के लगाए हुए चाहे सारे पौधे टेढ़े थे, उनकी छाया भी सीधी नहीं थी, पर उसके दिल का पेड़ सीधा तनकर खड़ा था, और उस पेड़ के पास अपनी मां के लिए अत्यन्त सघन छाया थी।

तीन

पिछले दिनों एक मासूम-सा हादसा हो गया था। इकबाल ने एक बार कहीं खत में अम्मां को लिखा था कि मालूम नहीं क्यों, पिछले दिनों वह इतना अलसा गया था कि सुबह वक्त पर नहीं उठ पाता था। उसने यह भी अम्मां को लिखा था कि किसी दिन वह अलार्म-घड़ी खरीद लाने की सोच रहा है।

अम्मां को लिखना-पढ़ना नहीं आता था। मुश्किल से उसने अपना नाम लिखना सीखा था। इकबाल का मनीआर्डर आने पर, या इस जैसे किसी दूसरे ज़रूरी कागज़ पर, वह अंगूठा न लगाकर दस्तखत कर देती थी। पर इकबाल के खतों को वह पढ़वाती भी चेतना से थी, और उन खतों का जवाब भी चेतना से ही लिखवाती थी। अलार्म-घड़ी की बात पढ़कर चेतना ने अम्मां को मज़ाक किया था कि जब तक इकबाल अलार्म-घड़ी नहीं खरीदे, तब तक वह उसके सपने में जाकर उसे वक्त पर उठा आया करे। अम्मां सुनकर हंसने लगी, और चेतना ने हंसी-हंसी में यह बात अम्मां की तरफ से इकबाल को खत में भी लिख दी थी।

इकबाल ने जब खत पढ़ा, उसे हंसी ज़रूर आई, पर वह यह न सोच पाया कि यह हंसी एक छोटा-सा हादसा बनी रहेगी।

दूसरे दिन सुबह, जबकि रात थोड़ी-सी बाकी थी, और जब इकबाल उठना चाहता था, उसे सपने में चेतना दिखाई दी। चारपाई के पाये के पास खड़ी वह उसे धीरे-धीरे आवाज़ देती हुई कह रही थी कि उठने का समय हो गया है। इकबाल चौंककर उठ बैठा, पर वह चकित था, कि आज उसे चेतना का सपना क्यों आया था!

मुंह धोकर मेज़ की बत्ती जला जब वह किताब खोलकर बैठा, तो सपने के बारे में उसने यह सोचकर तसल्ली कर ली कि कल अम्मां ने खत में लिखा था कि अलार्म-घड़ी नहीं खरीदने तक, वह रोज़ उसे सपने में आकर

जगा दिया करेगी-यह सपना उसी खत के कारण आया है। चूंकि इकबाल जानता था कि अम्मां की तरफ से आए हुए सारे खत चेतना लिखती थी, इसलिए सपने में भी उसे जगाने के लिए अम्मां की जगह चेतना आ गई थी।

ज़ब की यह बात है–इकबाल की छुट्टियां होने में अभी एक महीना बाकी था। बेशक उसने अम्मां को लिख दिया था कि वह अलार्म-घड़ी खरीद रहा है, पर खत लिखने के बाद उसने सोचा कि छुट्टियों के बाद खरीदनी ही ठीक रहेगी। क्योंकि दिल्ली जाने के लिए उसे किराये की ज़रूरत थी, वह अभी घड़ी पर पैसे खर्च करना नहीं चाहता था।

और फिर दूसरे दिन भी इकबाल को सुबह-सुबह चेतना दिखाई दी। इस बार वह इकबाल का हाथ झुलाकर उसे उठने के लिए कह रही थी। इकबाल चौंककर उठा। अब तक उसे यकीन हो चुका था कि अम्मां के रोज़ उसके सपने में आने की बात अम्मां की सोची हुई नहीं थी, बल्कि चेतना की सुझाई हुई थी। यह ख्याल आते ही उसे अपना सपना इस तरह दिखाई देने लगा जैसे वह चेतना की शरारत हो, जैसे कोई बेगाने पासपोर्ट पर सफर कर रहा हो।

बेगाने पासपोर्ट पर कोई सफर करता हुआ पकड़ा जाए तो सज़ा का हकदार होता है। चेतना भी सज़ा की हकदार थी। भले ही इकबाल जानता था कि चेतना ने जो पासपोर्ट हाथ में ले रखा है, वह उसके अपने नाम का नहीं है, पर मुश्किल यह थी कि उसे पकड़ा कैसे जाए। चेतना उसके सामने होती तो वह उसे पकड़ लेता और पूछता, पर उसके सपने को वह कैसे पकड़ता! वह नियमपूर्वक उसके देश की सरहद में आ जाती थी। चोरों की तरह खिड़की-दरवाज़ों की ओट में नहीं, साक्षात् उसके पाये के पास आकर खड़ी होती थी, उसे आवाज़ देती थी, उसकी बांह झुलाती थी। इतना होने पर भी वह उसे पकड़ नहीं पा रहा था। एक दिन...दो दिन...चार दिन...दस दिन... बीत गए। जाने किस भूल से वह खत में अलार्म की बात लिख बैठा था। यह अलार्म था कि बजने से चूकता नहीं था..., वह जी भरकर सोना चाहता था; धूप चढ़ आने तक सोना चाहता था, पर चेतना थी कि सूर्य की किरण भी नहीं उगने देती थी, रोज़ समय पर अलार्म की तरह बजकर इकबाल को जगा देती थी।

छुट्टियां होने तक वह बेबस था, जिससे चेतना की अधिकाई को वह

चुपचाप सहता रहा। उसने सोचा था कि छुट्टियों में दिल्ली जाकर वह चेतना से अच्छी तरह हिसाब निपट आएगा।

इकबाल दिल्ली आया तो उसे अपनी सुबक-सी अम्मां, और सुबक हो आई दिखाई दी। अम्मां ने मुंह उठाकर इकबाल का माथा चूमा, और इकबाल ने अपनी अम्मां को इस तरह सहजता से बांहों में उठा लिया जैसे वह एक तगड़ा ऊंचा बाप बन गया हो, और अम्मां एक छोटी-सी बच्ची हो। अम्मां ने आंखें झपककर देखा : इकबाल इन सालों में भर-जवान हो गया था। अम्मां ने अपना सिर उसके कंधे से टिका लिया और एक सुख का सांस लिया। कोख के इस पौधे को जब उसने पाला था तो उसके अपने सिर पर जवानी की कड़ी धूप फैली हुई थी। जिस मर्द को उसके सिर की छाया बन जाना चाहिए था, वह छाया चुराकर पता नहीं कहां चला गया था...और इस औरत ने अपने बच्चे की नन्ही-सी छाया में अपना सिर ढांप लिया था।... और आज. ..आज सालों बाद उसने देखा कि उसका बच्चा बरगद की तरह ऊंचा उठ आया था, और उसने अपने बच्चे की बांहों पर सिर रखकर पहली बार महसूस किया कि वह निश्चिंत होकर इसकी घनी छाया में बैठ सकती थी।

...और आज पहली बार चेतना ने अपना नियम भंग किया था। वह न पौधों को पानी देने आई थी और न अम्मां को चाय पिलाने। दुपहरी ढल चली तो अम्मां खुद जाकर चेतना को उसके घर से लिवा लाई।

इकबाल के आने में अभी कुछ दिन रहते थे कि एक दिन चेतना ने अम्मां को चाय बनाकर देते में प्यालों में आई दरारें देखकर अम्मां को कुछ नये प्याले खरीदकर ला दिए थे। और अम्मां ने यह मनौवत रखी थी कि इकबाल के आने पर वह इकबाल को नये प्याले में चाय पिलाएगी, और साथ में खुद भी नये प्याले में चाय पिएगी। आज अम्मां चेतना को बुलाने गई तो चूल्हे पर पानी रख गई थी और वापस आते ही नये प्याले निकालकर धोने बैठ गई।

चेतना को देखकर इकबाल मोढ़े से उठ खड़ा हुआ, पर वह उसे बैठने के लिए न कह सका। चुप का चुप देखता रह गया।

इकबाल की आंखों में चेतना का वही लड़कपन का रूप था जो उसने तीन साल पहले देखा था। पिछले महीने भी वह जिस रूप को अपने ख्यालों

में देखता आया था, वही लड़कपन का रूप था। पर एक साल के तीन सौ पैंसठ दिनों ने, और तीन-पौने तीन साल के करीब हज़ार दिनों ने, चेतना पर रूप का जैसे हज़ार जादू फूंक दिया हो। इकबाल ने चेतना की तरफ देखा और अपनी आंखें उसने इस तरह दूसरी तरफ घुमा लीं जैसे वह अपनी नज़र को हज़ार गांठें देने लगा हो।

अम्मां ने थाली में नये प्याले रखे और वह जब केतली में चाय लेकर आई तो चेतना को उसी तरह दहलीज़ों में खड़ी देखकर बोली, "अरे! तुम तो इस तरह खड़े हो जैसे लड़ाई हुई हो!"

"लड़ाई तो अम्मां सचमुच हुई थी," चेतना ने कहा और अम्मां के हाथ से थाली लेकर मेज़ पर रख दी।

"मुझे जैसे पता नहीं कब हुई थी तुम्हारी लड़ाई?" कहते हुए अम्मां ने चेतना के लिए मोढ़ा ला रखा।

"हुई थी अम्मां! बहुत दिनों की बात है।"

"कब? पूना जाने से पहले?"

"उससे भी पहले।"

"उससे पहले?...कब?"

"पिछले जनम," कहकर चेतना हंस पड़ी।

इकबाल की झुकी हुई नज़र को चेतना की हंसी ने जैसे हाथ पकड़कर ऊपर उठा दिया हो। इकबाल ने फिर चेतना की ओर देखा, पर इस बार उसकी नज़र इस तरह संभली हुई थी जैसे गांठें दे-देकर उसने अपने बदन से बहुत-सा जादू झाड़ दिया हो।

"लड़ाई पिछले जनम और सुलह इस जनम?" इकबाल बोला और चेतना के हाथ से प्याला लेकर चाय पीने लगा।

"क्या मालूम...इस जनम या अगले जनम।" चेतना ने कहा और चाय का एक प्याला अम्मां को देकर एक प्याला अपने लिए बनाने लगी।

"तो फिर इसका मतलब यह हुआ कि न मैंने तुम दोनों में लड़ाई होती देखी, और न सुलह ही देख पाऊंगी," अम्मां ने चाय घूंट लेते हुए कहा।

"इतनी जल्दी क्यों करती हो अम्मां इसी जनम के लिए! क्या अगले जनम तुम्हें फिर से अपने इस बेटे की मां नहीं बनना?" चेतना बात तो इस मोड़ पर ले आएगी...इकबाल को इसकी उम्मीद नहीं थी। वह एकटक चेतना का मुंह ताकने लगा।

अम्मां सचमुच बात के पीछे-पीछे डगियाती हुई मोड़ काट गई और बोली, "मुझ गरीबन की कोख में आकर इसने अपना यह जनम तो बिगाड़ लिया है, अब इसे अगले जनम का शाप क्यों देती हो बेटी?...यह तो किसी रानी की कोख में होना चाहिए था...मुझ फकीरन का बेटा बनकर क्या लिया इसने..."

"अम्मां!" इकबाल ने अम्मां को टोका। नहीं तो अम्मां का भरा हुआ मन जाने कितना छलक जाता।

बात के रुख को उदासी के गढ़े से निकालने के लिए इकबाल ने चेतना से उसके कालेज की बातें पूछनी शुरू कर दीं, और फिर उसे याद आया कि चेतना को पास होने की मुबारक अभी उसने नहीं दी थी।

"अब एम०ए० में दाखिल हो रही हो न?" इकबाल ने पूछा।

"नहीं, मुझे एक अच्छी नौकरी मिल गई है।"

"नौकरी?...पर तुम नौकरी करोगी क्या?"

"क्यों नहीं करूंगी? मुझे अपने पैरों पर नहीं खड़ा होना क्या? और फिर नौकरी करने की आदत तो मुझे पहले से ही है।"

"पहले से?"

"पहले अम्मां की नौकरी करती थी। आज पहला दिन है कि मेरी नौकरी छूटी है।"

"यह क्यों कहती हो बेटी? मैं तो खुद तुम्हारे चाकरों..."

"अम्मां!" चेतना अम्मां के होंठों पर अपनी तली रखकर बोली, "साथ ही अम्मां ने मुझे अपनी मालिन भी रखा था और मुंशी भी...न सच मुंशिन...मुझसे खत लिखवाया करती थी।"

"और अपनी घड़ी का अलार्म भी," इकबाल इस बात को मुंह से कह ही बैठा तो उसे इस बात का अहसास हुआ।

"अलार्म?" चेतना भी इकबाल की ओर ताकने लगी और अम्मां भी।

दांतों में जीभ तो काटी जा सकती थी, पर जो साबुत बात मुंह से निकल गई थी–उसका कोई इलाज नहीं था। अम्मां को भी वह खत याद हो आया और चेतना को भी-जिसमें अम्मां ने इकबाल के सपने में जाकर घड़ी के अलार्म की तरह उसे जगाने का वादा किया था।...उसके आगे सपने को चेतना के साथ जोड़ देने की बात बिलकुल सीधी थी। चेहरा चेतना का भी लजा गया और अम्मां का भी। पर दोनों के लजाने में उतने ही सालों का अंतर था जितना उनकी उमर में। चेतना की शर्म अठारह-बीस साल की भरपूर जवान शर्म थी और अम्मां की चालीस सालों की सयानी और असंतुलित।

चार

एक मुस्कान सुमेर के होंठों पर आकर, होंठों के एक कोने में इस तरह आ ठहरी थी, जैसे थक गई हो। सुमेर अभी बाहर से लौटा था। कमरे में जाने का मन नहीं था। अपने बगीचे में वह आडुओं के पौधे के पास आ खड़ा हुआ। जिस टहनी को सुमेर ने हाथ में लिया, उस टहनी के होंठों में एक छोटा-सा फूल अटका हुआ था। फूल का बदन इस तरह मुरझाया हुआ था जैसे वह भी टहनी के होंठों की एक मुस्कान हो और जैसे वह भी थक गई हो।

चेतना को सुमेर के आने की आहट मिल गई थी। खिड़की में से आवाज़ देकर उसने सुमेर को चाय के लिए बुलाया। सुमेर रसोई की बगल से गुज़रा तो चेतना प्याज़ छील रही थी। सुमेर ने फलों की टोकरी से एक सेब उठाया और चेतना के हाथ से छुरी लेकर काटने लगा।

इससे प्याज़ कटा है सुमेर, दूसरी छुरी ले लो!" चेतना ने कहा।, पर सुमेर ने उसी छुरी से सेब की एक फांक काटकर चेतना के मुंह में डाल दी और बोला :

"कैसा स्वाद है?"

"स्वाद क्या होगा! सेब में से प्याज़ की बू आती है!" चेतना ने कहा, और एक साथ इस तरह मुंह बिराया जैसे अभी सेब को थूक देगी।

सुमेर खिलखिलाकर हंस पड़ा। पर उसकी हंसी इस तरह थी जैसे वह उसके होंठों में ठहरी-ठहरी लड़खड़ाकर नीचे झर गई हो।

"आज तुम्हें क्या हुआ है सुमेर?"

"आज मैंने एक सेब चखा है, जिसमें से प्याज़ की बू आती थी।"

"तुम कहां गए थे आज?"

"एक फ़िल्म देखने, बारह का शो"

"फिर?"

"वहीं आज चम्पा को देखा था।"

"चम्पा यहीं है क्या दिल्ली में?"

"उसने जो मुझे बम्बई खत लिखा था, उसके अनुसार वह आज दिल्ली में नहीं, अमृतसर में होनी चाहिए थी। पर मेरे देखने में आज वह दिल्ली में ही है।"

"तब उसे गलत लिखने की क्या पड़ी थी...शायद जाना चाहती हो, अभी गई न हो। पर यह तो उसे मालूम था कि इन दिनों तुम दिल्ली में होगे... खबर भिजवा सकती थी। मिली थी वह तुम्हें आज?"

"मिली थी! पर उसका मिलना इसी तरह का था जैसे एक सेब में से प्याज़ की बू आती है।"

"ओह..."

"वह किसी दोस्त के साथ फिल्म देखने आई थी।"

"सुमेर, मैं तुम्हें कुछ कहना चाहती थी, पर चुप रही..."

"क्या?"

"मैंने कालेज में उसके बारे में काफी बातें सुनी हैं। उसके दोस्त... शायद उसके बहुत-से दोस्त हैं।..."

"हूं..."

"पिछले साल उसमें काफी फर्क आ गया है...अपना-अपना 'आउट लुक' है ज़िन्दगी में..."

सुमेर की आंखें चूल्हे पर रखी दाल दी हंडिया की तरह उफन आईं। हंडिया को झिझक नहीं थी, सो किनारों तक उफन आई। पर सुमेर ने आंखें एक तरफ़ फेर लीं और उफन को झेलने के लिए चेतना के पास से चला आया।

चेतना चाय का प्याला बनाकर सुमेर के कमरे में रख आई। शाम के

चार-साढ़े चार बज रहे थे। चेतना ने रात के खाने की तैयारी कर ली थी और इस समय खाली थी ।पांच बजे का उसने अपने और इकबाल के लिए आंखों के डाक्टर से समय ले रखा था। इकबाल ने बताया था कि उसे आंखें 'टेस्ट' करवानी हैं। चेतना भी पिछले कुछ समय से सिर में हल्का-सा दर्द महसूस करने लगी थी–जिससे उसने दोनों के लिए आज पांच का समय ले लिया था।

इकबाल को साथ लेकर जब चेतना डाक्टर के पास पहुंची तो डाक्टर को अपनी और इकबाल की आंखें दिखलाते हुए उसने महसूस किया कि जैसे वह किसी ज्योतिषी को अपना और इकबाल का हाथ दिखा रही हो।

"इकबाल साहब! आपकी नज़दीक की नज़र तो बिल्कुल ठीक है।"

"और दूर की नज़र?" पास से चेतना ने पूछा।

"दूर की नज़र कमज़ोर है।" डाक्टर ने बताया।

"मेरा भी यही खयाल था।" चेतना हंस पड़ी और उसने डाक्टर से पूछा, "और मेरी नज़र?"

"आपकी नज़दीक की नज़र कुछ कमज़ोर है...खास कमज़ोर नहीं... बस ज़रा-सी...?"

"और दूर की नज़र?" चेतना ने उत्कठा से पूछा।

"दूर की नज़र बिलकुल ठीक है।" डाक्टर ने बताया।

"मेरा भी यही खयाल था।" चेतना फिर हंस पड़ी और चेतावनी देने की तरह इकबाल की तरफ देखकर बोली, "सुना इकबाल! तुम्हारी दूर की नज़र कमज़ोर है, पर मेरी दूर की नज़र बिल्कुल ठीक है।"

उस समय इकबाल ने कोई जवाब न दिया। पर वापस आते हुए रास्ते में चेतना से बोला, "अगर तुम्हारा यह ज्योतिष उल्टा पड़ गया तो?"

"जो कुछ नज़र से सीधा दिखाई देता है, वह बातों से उल्टा होने का नहीं।" चेतना ने भरोसे से कहा और फिर पूछा, "ईर्ष्या हो रही है न मुझसे ?"

"ईर्ष्या?" इकबाल ने कहा और उसका चेहरा गंभीर हो गया। थोड़ी देर

चुप रहने के बाद बोला, "ईर्ष्या कर पाता तो अच्छा ही था...पर इसकी गुंजाइश नहीं।"

"तुम्हारी दूर की नज़र कमज़ोर है और मेरी ठीक-यह सुनकर भी नहीं?"

"नहीं।"

"सिर्फ 'नहीं' कहने से चल जाएगा?"

"यह 'नहीं' मैं सिर्फ ज़िद से नहीं कह रहा चेती! किसी कारण से कह रहा हूं।"

"किस कारण से?".

"अगर कारण इतनी आसानी से ही बता दूं तो तुम अपनी दूर की नज़र की आज़माओगी कैसे?"

"अच्छा रहने दो कारण को, मैं अपनी दूर की नज़र आज़माना चाहती हूं।" चेतना ने चुनौती जैसा कुछ सुना, चुनौती जैसा कुछ कहा, और चुप हो गई।

इकबाल और चेतना डाक्टर के यहां से लौटे तो इकबाल सुमेर को मिलने के लिए चेतना के साथ ही उसके घर चला आया।

सुमेर की एक आदत से सब वाकिफ थे। वह जब बिस्तर में बैठा अपनी पसन्द की कोई किताब पढ़ रहा होता तो चाय की एक केतली बनवाकर अपने पास मेज़ पर रख लेता था। थोड़ी-थोड़ी देर पर प्याले में थोड़ी-सी चाय डालता और उसमें नींबू की कुछ बूंदें निचोड़कर पढ़ने के साथ-साथ छोटे-छोटे घूंट लेता जाता था। आज भी इकबाल और चेतना के आने पर वह बिस्तर में बैठा पढ़ रहा था। पास में चाय की केतली, प्याला और कटा हुआ नींबू रखा था। चेतना ने रास्ते में सुमेर के बारे में इकबाल से कुछ नहीं बताया था। इकबाल को नहीं मालूम था कि सुमेर शाम से ही उदास है। इसलिए उसने हमेशा की तरह उसकी भावुकता से चिढ़कर कहा :

"पाल पाटस को भी तुम जैसा पाठक कभी नहीं मिला होगा। जितने साल उसने इस किताब को लिखने में लगाए होंगे, शायद तुम उतने साल इसे पढ़ने में लगाओगे।"

"पाल पाट...स" कहते हुए सुमेर ने किताब एक तरफ रख दी। बेशक इस समय सुमेर पाल पाटस नहीं पढ़ रहा था, पर उसने पाल पाटस का नाम इस तरह लिया जैसे वह उसके लिए उलाहने से भर गया हो। यह मालूम करना कठिन था कि सुमेर का यह उलाहना किसी खीझ का परिणाम था, या पाल पाटस के प्रति उसके रश्क का।

"यह क्या?" चेतना ने केतली के पीछे पड़े कागज़ के टुकड़ों और सुमेर के चेहरे की तरफ देखा और बोली। पांच-छः टुकड़े उसने हाथ में उठा लिए और उसने जान लिया कि सुमेर चम्पा की चिट्ठियां फाड़ता रहा है।

"सुमेर!"

"हां!"

"आज तुम्हें क्या हो गया है?"

"चाय पिओगी?"

"पिऊंगी चाय, इकबाल भी पिएगा, पर मैं पूछती कुछ हूं और जवाब कुछ और देते हो।"

"मैं ठीक बता रहा हूं, दो प्याले ले आओ। केतली भरी हुई है चाय से।"

"चाय दूध की पिओगे या नींबू की?" चेतना ने इकबाल से पूछा और फिर बिना जवाब के लिए ठहरे ही रसोई से प्याले लाने के लिए चली गई। प्यालों के साथ वह कटोरी में थोड़ा-सा दूध भी ले आई ताकि इकबाल नींबू की न पीनी चाहे तो दूध की चाय पी सके।

"मैं बना देता हूं।" सुमेर बोला और केतली में से चाय ढालने लगा। उसने तीनों प्यालों में चाय डाली और तीनों प्यालों में नींबू की कुछ बूंदें भी निचोड़ दीं और एक प्याला इकबाल को दे दिया। चेतना को प्याला देते समय सुमेर ने उसके प्याले में थोड़ा-सा दूध भी डाल दिया।

"यह क्या कर रहे हो सुमेर! निम्बू की चाय में दूध डाल दिया! चाय फट गई है।"

"तुमने खुद ही तो पूछा था कि आज मुझे क्या हो गया है। तुम्हारी बात का जवाब दे रहा हूं।"

"फटी हुई चाय का प्याला तुम्हें खुद पीना चाहिए। मुझे क्यों दे रहे हो?"

"मैं तो पी ही रहा हूं–तुम्हें ज़रा उसका स्वाद चखा रहा हूं।"

"पर तुम्हें हुआ क्या है?" इकबाल पाये पर बैठ गया और सुमेर के चेहरे की तरफ ताकने लगा। इकबाल और सुमेर पुराने दोस्त थे, पर सुमेर का जज़बाती पहलू इकबाल के लिए हमेशा से अजनबी था।

"चेतना समझ सकती है इकबाल! तुम नहीं समझोगे।"

"मुझे पाल पाटस भी समझ नहीं आता...पर मैंने तुम्हारे कहने पर उसकी किताब पढ़ ली थी। मैं तुम्हें भी नहीं समझ सकता...पर तुम्हारी बात फिर भी सुन लूंगा।"

"पिछले साल जब मैं छुट्टियों में आया था तो मुझे चम्पा ने नींबू की चाय पिलाई थी। चाय का यह रंग मुझे बहुत खूबसूरत लगा था, हल्का लाल, बिल्कुल कोनियाक जैसा।"

बात सुनकर इकबाल के पास कोई जज़बाती हुंकारा नहीं था। सुमेर यह जानता था, पर वह बोलता गया, "चाय के प्याले में दूध डालने से उसमें एक बार बादल घुलते दिखाई देते हैं, पर थोड़ी देर के बाद ही ये बादल बैठ जाते हैं, और फिर चाय का रंग कढ़े हुए बनफशों में बदल जाता है। पर चाय के प्याले में जब नींबू का रस निचुड़ता है, उसका रंग देखते-देखते शर्बती होने लगता है। और अगर उसमें नींबू का टुकड़ा भी छोड़ दें तो उसके छिलके का स्वाद उसे सचमुच कोनियाक जैसा तीखा कर देता है। वह जीभ पर इस तरह चुभता है..."

"और चाय के प्याले में नींबू भी डाल दें और दूध भी?" इकबाल हंसकर बोला।

"यही तो मैं बता रहा हूं कि, आज..."

"आज दोपहर को सुमेर ने ऐसा सेब खाया था जिसमें से प्याज़ की बू आती थी। और अब ऐसी चाय पीता है जिसमें नींबू भी है और दूध भी," चेतना ने कहा और साथ ही केतली के पास पड़े कागज़ के टुकड़ों की तरफ उंगली कर बोली, "चम्पा की ये चिट्ठियां सुमेर ने अपने बक्से में लपेट-लपेटकर रखी थीं..."

"च च च...और तो कोई चाहे करे, पर पाल पाटस के शागिर्द को यह नहीं चाहिए।" इकबाल हंसी-हंसी में बोला, "पाल पाटस को भी ज़िन्दगी में एक चम्पा मिली थी, पर उसने चम्पा का ज़िकर साहित्य में इस तरह किया कि उस चम्पा का नाम हमेशा के लिए अमर हो गया..."

"पर जब लिखा न जाए, बोला न जाए, सुना न जाए...तब किसी के नाम को हमेशा के लिए मिटा देना चाहिए..."

सुमेर का बायां हाथ अब तक चादर के अन्दर था। जब वह किताब पढ़ रहा था तो किताब उसके दायें हाथ में थी, और किताब एक तरफ रखकर चाय भी उसने दायें हाथ से ही बनाई थी। इकबाल की बात सुनकर सुमेर ने अपना बायां हाथ चादर से बाहर निकाल लिया। हाथ पर जले हुए मांस का लगभग दो इंच लंबा निशान था।

"सुमेर!" चेतना ने आगे बढ़कर उसका हाथ पकड़ लिया।

"इस जगह मेरा नाम लिखा हुआ था..."

"क्या किया तुमने सुमेर?"

"कुछ नहीं, सिर्फ उस नाम को तेज़ाब से मिटा दिया है। अगर मैं अपना नाम इतनी बेदर्दी से मिटा सकता हूं तो दिल में खुदा हुआ किसी दूसरे का नाम क्यों नहीं मिटा सकता..."

इकबाल ने अपना निचला होंठ काट लिया और सालों से चुप बैठी होनी के चेहरे की तरफ देखने लगा। होनी जो सालों से इस तरह चुप बैठी थी, जैसे उसने अपने मुंह में घुघनी डाल रखी हो। इकबाल को महसूस हुआ कि होनी चाहे अब भी चुप साधे बैठी थी, पर सुमेर के सामने रखे हुए चाय के प्याले में आज वह एक हाथ से दूध की बूंदें डाल रही थी तो दूसरे हाथ से नींबू के कतरे निचोड़ रही थी।

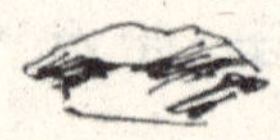

पांच

सुमेर और इकबाल की छुट्टियां खत्म होने से पहले ही चेतना के इम्तिहान का नतीजा निकल आया था। चेतना को टेलीविज़न के दफ्तर में नौकरी मिल गई थी। छुट्टियां खत्म होने पर सुमेर जब वापस जाने लगा तो उसे एक अजीब तरह की आज़ादी का अहसास हो रहा था। यह आज़ादी दो तरह की थी। एक तो जैसे किसी का कुछ बन-संवर गया हो और किसी की दौलत लेखे लग गई हो। दूसरे जैसे किसी के हाथों से सबसे कीमती चीज़ खो गई हो और अब वह उसकी चौकसी की ज़रूरत से सुरखरू होकर गहरी नींद सो सकता हो। पहली तसल्ली उसे अपनी बहन के पास हो जाने और नौकरी पर लग जाने की थी, दूसरी तसल्ली उसे चम्पा के अपनी ज़िन्दगी से खो जाने की थी। चम्पा, जिसके खतों के इन्तज़ार में वह अपनी पढ़ाई को कई-कई दिन बिसारे रहता था, और जिसके बारे में सोचते-सोचते अपने चैन की कई-कई रातें गुज़ार दिया करता था।...और छुट्टियां कट जाने पर इकबाल जब वापस जाने लगा तो उसने अजीब तरह का बंधन महसूस किया। यह बंधन दो तरह का था। एक तो जैसे अपने भार को उठा-उठाकर थके हुए पैर किसी नर्म बिछौने पर अलसा गए हों और कोई उसके पैरों को अपनी नर्म उंगलियों से सहला रहा हो। और दूसरे इन अलसाए पैरों के अहसास से इकबाल को महसूस हो रहा था कि जिस मुश्किल रास्ते का उसने प्रण लिया था, ये पैर शायद उस रास्ते के काबिल नहीं रहेंगे...

चेतना कालेज में पढ़ती थी तो उसके दिनों की ढलती दुपहरियां खाली होती थीं। इन दुपहरियों को वह नियमपूर्वक इकबाल की अम्मां के पास गुज़ारती थी। पौधों को पानी देती, अम्मां को चाय पिलाती और कई बार अम्मां के पास बैठकर इकबाल के लड़कपन की बातें सुनती। पर जब से चेतना को नौकरी मिली थी, हफ्ते की दो शामें उसे दफ्तर में काटनी होती थीं...क्योंकि टेलीविज़न का प्रोग्राम हफ्ते में दो बार रात को होता था। हफ्ते

"यहां, नाभि के नीचे।"

"पर यह ऊपर कैसे उठ आई?"

"मेरी यह नाड़ी बड़ी जल्दी छुटक जाती है। बचपन से ही। मेरी मां मुझे पानी से भरी बाल्टी नहीं उठाने देती थी।"

"अब यह नीचे कैसे बैठेगी?"

"अंगूठे से दबाकर इसे धीरे-धीरे नीचे ले आओ। मुझे तो आदत पड़ गई है। पहले मैं गली की एक सुघड़ औरत से इसे बिठवाती थी, बाद में धीरे-धीरे मुझे भी जांच आ गई। अपने हाथ से ही इसे नीचे बैठा लेती हूं,। वैसे एक और भी तरीका है इसे बैठाने का।"

"क्या?"

"घी का दीया जला नाभि पर रखकर उस पर एक गिलास औंधा रख दिया जाए तो कुछ मिनटों बाद यह खुद ही अपनी जगह आ जाती है।"

"सच?...पर अम्मां! अगर इससे दीये की लौ चमड़ी से लग जाए तो।"

"अडोल दिया रखकर, अडोल लेटे रहना होता है! गिलास की हवा जब दीये की लपक से गर्म हो जाती है तो गिलास चमड़ी से चिपक जाता है।"

"फिर वह गिलास उतारा कैसे जाता है?"

"खींचकर! पर यह अपने हाथों संभव नहीं। कोई, सुघड़ औरत पास हो तो उतार सकती है।"

चेतना को धुन्नी पर दीया जलाकर रखने की बात बहुत रोमांचक लगी, जैसे कोई मंदिर में दीया जलाता और उसको...उसे अम्मां का बदन उस मंदिर-सा लगा जिसमें कभी नन्हें-से इकबाल की मूर्ति पड़ी हुई थी... पूरे नौ महीने यह मूर्ति मंदिर में पड़ी रही थी...यहां चर्म ने चर्म का सपना तराशा था और ख़ून ने उस सपने में रंग की रेखाएं खींची थीं...और चेतना ने धीरे से अम्मां के पेट पर अपना सिर रख दिया... अंदर शायद वह सोच रही थी...यहां...बिलकुल यहां कभी इकबाल बैठा हुआ था...इस चमड़ी के अन्दर...इस चमड़ी के घोंसले में...एक पांखी की तरह चिपककर ...

"कान लगाकर क्या सुनती हो?...नाड़ी तो हाथ से टटोलने पर ही मिल

जाती है।" अम्मां ने चेतना के सिर पर हाथ रख दिया।

चेतना ने हंसकर सिर उठा लिया। इतना ऊंचा कि उसके कंधे भी ऊपर उठकर उसके सिर की ओर देखने लगे।

छह

इकबाल और चेतना ने बेशक इस बात को कभी होंठ नहीं दिए। पर दोनों को यह मालूम था कि दोनों के तन और मन का किसी एक देश से संबंध नहीं था। दोनों के बीच एक खास तरह की हद थी, जैसी कि देशों के बीच में होती है, और जिसे एक देश का रहनेवाला दूसरे देश में रहनेवाले की इजाज़त के बिना नहीं लांघ सकता था। और जब किसी ने इजाज़त लेकर उस हद से गुज़रना हो तो यह भी ज़रूरी था कि वह अपने साथ निषिद्ध वस्तुएं लेकर न जाए। पूछा जा सकता है कि कौन-कौन-सी निषिद्ध वस्तुएं? जो वस्तुएं आज निषिद्ध हैं क्या वे कल पारनींय भी हो सकती हैं या नहीं?

..इस सवाल के बारे में दो देशों की अलग-अलग नीति की तरह इकबाल और चेतना की नीति भी अलग-अलग थी...बेशक इस नीति के बारे में उन्होंने आपस में कभी बात नहीं की थी। जैसे : इकबाल जब कभी चेतना को सपने में देखता था, उसे महसूस होता था कि चेतना उसके होश की पहरवानी से आंख बचाकर अपने देश की हद लांघ आई है। चेतना उसे मुजरिम लगती थी। और अगर सपने में चेतना के होंठों पर कोई लफ्ज़ भी आ जाता, या मुस्कराहट ही आ जाती, तो इकबाल को लगता था जैसे यह मुस्कराहट या यह आवाज़ 'समगल' की हुई चीज़ की तरह चेतना अपने साथ ले आई हो। ऐसा होने पर इकबाल की नज़र में चेतना के जुर्म की गहराई बढ़ जाती।...और चेतना को जब कभी सपने में इकबाल का चेहरा दिखाई देता, तो चेतना को यह तो ज़रूर महसूस होता कि वह अपने देश की सीमा लांघ आया था, पर उसे वह मुजरिम महसूस नहीं होता था, बल्कि अपने देश का मेहमान लगता था जिसका वह चाव से स्वागत करती। और अगर इकबाल सपने में उससे बात करता तो चेतना को उसकी बात 'समगल' की हुई चीज़ नहीं लगती थी, बल्कि बेगाने देश से आई हुई सौगात मालूम होती थी, जिसे वह संभाल-संभालकर और सजा-सजाकर अपने देश में रखती थी।

पिछली बार जब इकबाल दिल्ली से चला था तो चेतना ने गाड़ी की सीट पर कुछ फूल रख दिए थे। रास्ते-भर ये फूल इकबाल के सिरहाने पड़े रहे थे। इकबाल ने इन्हें हाथों से छुआ भी था, होंठों से लगाकर सूंघा भी था। पर जब वह पूना पहुंचा तो अपने सामान के साथ उसने फूल नीचे नहीं उतारे, वहीं सीट पर रहने दिए थे। यह उसी तरह था जैसे कोई यात्री दूसरे देश से लौटने पर हवाई जहाज़ से उतरने पर फूलों को साथ नहीं ला सकता, क्योंकि स्वास्थ्य-अधिकारियों का कहना है कि फूलों में दूसरे देश की बीमारियों के जर्म हो सकते हैं। मालूम नहीं इकबाल को चेतना के दिए हुए फूलों में किस बीमारी के जर्मों का डर था, उसने फूलों को वहीं गाड़ी की सीट पर पड़े रहने दिया था।

इकबाल कुछेक उन लोगों में से था जो अपने परिचितों और अपरिचितों में बहुत कम बोलते हैं, अक्सर चुप रहते हैं। लेकिन जिनका व्यक्तित्व स्वयं में इतना आकर्षक होता है कि जब वे कमरे में आते हैं तो कमरा चहका हुआ दिखाई देता है, और जब वे चले जाते हैं तो कमरा रीत गया लगता है। पिछली बार जब इकबाल आया था तो चेतना के साथ वह दो बार उसके दफ्तर भी गया था। वहां चेतना ने इकबाल को अपने साथ काम करनेवाली कुछ लड़कियों से मिलाया था। अब वे लड़कियां अक्सर चेतना से इकबाल के बारे में पूछतीं। एक दिन अजीब बात हुई थी। एक बार चेतना की वाकिफ लड़कियां चेतना और इकबाल को चाय पीने के लिए एक जापानी होटल में ले गई थीं। वहीं चाय पीते-पीते 'बालरूम' नाच होने लगा था।' एक लड़की ने इकबाल का हाथ पकड़कर उसे नाच में साथ देने को कहा तो इकबाल ने स्वीकार कर लिया था। कायदे के मुताबिक एक नाच के बाद इकबाल को चाहिए था कि किसी दूसरी लड़की को भी नाच के लिए कहता, पर वह बिना कुछ कहे आकर चाय पीने बैठ गया था। फिर एक लड़की ने खुद ही साहस कर इकबाल को साथ देने के लिए कहा था। इकबाल ने इस बार भी मान लिया था और नाच के बाद फिर अपनी कुर्सी पर आकर चुपचाप चाय पीने लगा था। चेतना को यह सब कुछ अजीब लग सकता था, पर लगा नहीं। शायद चेतना ने समझ लिया था कि किसी भी लड़की से स्वाभाविक रूप से बोलना इकबाल के लिएं कुछ इसी तरह का था जैसे किसी शक्तिशाली देश को अपने छोटे पड़ोसी देश से बात करने में कोई झिझक नहीं होती। शक्तिशाली देश को झिझक होती है तो किसी दूसरे शक्तिशाली देश से ही हो

सकती है–किसी छोटे देश से नहीं। इकबाल के लिए वाकफियत और दोस्ती को अगर स्वाभाविक बनाए रखना मुश्किल था तो चेतना के साथ। जाने उसे मन ही मन चेतना से क्या खतरा था!

...इकबाल के जाने के दिन अम्मां इकबाल के कपड़ों को धोने, सुखाने और संभालने में जुटी हुई थी। तभी अम्मां ने इकबाल के गले में पहनी हुई कमीज़ के कालर देखकर कहा था कि कमीज़ साफ नहीं; वह उसे उतार दे तो वह उसे भी धोकर सुखा डाले। इकबाल नें कमीज़ उतार दी थी तो चेतना ने इकबाल की नंगी पीठ पर एक निशान देखा था। इस निशान का रंग चर्म के रंग से मामूली-सा गहरा था।

"यह निशान कैसा है अम्मां?" चेतना ने अम्मां के कान के पास झुककर इकबाल की पीठ दिखाकर पूछा था।

"किस्मत का," अम्मां ने गर्दन घुमाकर जब इकबाल की पीठ की ओर देखा था तो, उसके कानों की बालियां इस तरह झूल गई थीं जैसे सिर हिलाकर अम्मां की हामी भर रही हों।

"किस्मत का लिखा कभी पढ़ा भी जाता है?" चेतना ने यह बात इतनी हंसी में नहीं कही थी जितनी उसने बाद में बना ली थी और बोली थी, "लोग कहते हैं कि ऐसे निशान बच्चों को मां-बाप से बिरसे में मिलते हैं... यह एक तरह से खानदान का 'शजरा' होता है।"

"क्या मालूम बेटी! मेरी पीठ से तो इसने यह नहीं लिया..."

"बेटे को ज़्यादा बिरसा बाप से मिलता है शायद..."

"क्या मालूम बेटी..." कहते-कहते अम्मां ने अपनी जीभ दांतों के नीचे दबा ली थी, नहीं तो शायद वह यह भी कह जाती, 'मैं क्या जानूं मेरी भोली बेटी! ...मैंने उसकी पीठ तो कभी क्या देखनी थी...मैंने तो उसका चेहरा भी नहीं देखा...' पर जो बात लफ्ज़ बनकर अम्मां के होंठों पर आ सकी, उसकी आंखों में आंसू बनकर ढल आई। चेतना सिर्फ इतना जान सकी कि उसने अपनी नादान-सी बातों से अम्मां की उस नाड़ी को हिला दिया था, जिसमें पहले से जाने कितना दर्द भरा हुआ था।

चेतना ने इस दर्द का ज़िकर न करने का फैसला कर लिया था। वह

ज़िकर नहीं करेगी, चाहे उमर बीत जाए। पर उस साल के बाद इकबाल छुट्टियों में आया तो उस बात को फिर ले बैठा था।

इकबाल जब आया, चेतना पिछले साल की तरह छुट-पुट कामों में अम्मां का हाथ बंटाने लगी–जैसा कि वह पहले भी किया करती थी। बात किसी खास काम या पहलू से नहीं छिड़ी थी–जैसे वह बात इकबाल के होंठों पर पहले ही सहमकर बैठी हुई थी। उसे आए कुछ दिन भी शायद इसीलिए चुपचाप गुज़र गए–जैसे वह बात करने का समय न पा रहा हो। अम्मां का घर पटियाला में था, बेशक चेतना जहां तक जानती थी, अम्मां कभी पटियाला नहीं गई थी। पर इन्हीं दिनों अम्मां को एक खत आया। अम्मां का एक भाई आखिर सांसों पर था और अम्मां उसका मुख देखने के लिए तड़प उठी थी। अम्मां पटियाला जाने के लिए तैयार हो गई तो इकबाल ने कहा कि वह किसी तरह भी उसे अकेली नहीं जाने देगा। पर अम्मां ने, जिसने कभी इकबाल की मामूली-सी बात को भी नहीं टाला था, उसकी इस ज़िद को सहजता से टाल गई, "और तुम मेरे साथ जाओगे तो मैं नहीं जाऊंगी। इस जनम में मिलना नहीं तो न सही...मैं अपने भाई को अगले जनम में मिल लूंगी..."

इसके बाद इकबाल ने ज़िद नहीं की। अम्मां अकेली पटियाला चली गई थी।

अम्मां को गाड़ी में बिठाने इकबाल के साथ चेतना भी गई थी। वापसी में जब चेतना घर की तरफ मुड़ने लगी तो इकबाल ने उसे हुक्मराना आवाज़ में कहा था, "कुछ देर के लिए मेरे साथ चलो। तुमसे कुछ बात करनी है।" चेतना अपने घर आने की जगह इकबाल के साथ उसके घर चली आई थी। वह चुप थी, पर उसका एक-एक कदम जैसे सवाल पूछता जा रहा हो। घर की दहलीज़ लांघने तक वह करीब सौ कदम चली होगी, और उसने उससे करीब सौ ही सवाल पूछे होंगे।

बाहर का दरवाज़ा धकेलकर इकबाल ने एक बार चेतना की तरफ देखा और फिर उसने चेतना के हाथ को इस तरह झकझोरा जैसे किनारे से नौका ठेलते हुए मल्लाह किनारे को परे धकेलता है जिससे झटककर नौका किनारे से अलग हो जाए।...

"तुम मुझे प्यार करती हो, चेतना?... इकबाल ने पथराई आंखों से चेतना की तरफ देखा। लगता था जैसे वह चेतना को अपने घर लिवाकर मुहब्बत की बात न कर रहा हो, बल्कि जैसे उसे कहचरी में खड़ी कर उससे जिरह शुरू कर रहा हो। पर जिरह करनेवाले को जैसे अपने दोष का अहसास हो। चेतना ने देखा कि इकबाल के चेहरे का रंग उसकी हल्की पीली कमीज़ की तरह धुंधला पड़ गया था, और जिस हाथ से उसने चेतना का हाथ झकझोरा था, उसका वह हाथ कांप रहा था।

चेतना ने जवाब देने से पहले नज़र टेककर इकबाल को देखा और बोली, "मेरें ख्याल में किसी को किसी से कुछ पूछने का हक इतना नहीं होता, जितना बताने का।"

"क्या मतलब?"

"कोई चाहे तो अपने मन की बात बता सकता है, पर दूसरे के मन की बात पूछने का हक किसी को नहीं होना चाहिए।"

"मैं तुम्हारी इस बात से सहमत हूं, चेती! यह दखलअंदाज़ीहै। पर मैं तुम्हारे भले के लिए पूछ रहा हूं।"

"किसी के भले के लिए किसी से कुछ पूछना ज़रूरी नहीं होता, बताना भी काफी हो सकता है..."

"शायद बताना ही काफी हो...इस तरह क्यों खड़ी हो, अंदर चल के बैठो!"

चेतना कमरे में आ गई। उसने दीवार के साथ रखे रुई के गद्दों को संवारकर रख दिया और इकबाल के बैठने के लिए जगह बना दी थी। ऐसा करते समय चेतना ने इकबाल की तरफ इस तरह देखा जैसे वह घर की मालकिन हो, और इकबाल उसे मिलने के लिए कहीं बाहर से आया हुआ हो।

"अगर मेरे हालात साधारण होते...यानी नारमल होते...तो मेरे बात करने का तरीका दूसरा होना था..." कहते-कहते इकबाल ने चेतना की तरफ देखा। शायद कुछ देर के लिए बात करने के उस तरीके को सोचा, जिस रास्ते को वह अपने 'नारमल' होने की हालत में चुनता। पल-भर के लिए उस रास्ते की छाया इकबाल की आंखों में उतर आई। इस छाया में जाने कितने

सपने थरथरा रहे थे। उसकी दोनों आंखें झिलमिलाने लगीं। चेतना ने नज़र भरकर इकबाल की आंखों में देखा, और इकबाल की आंखों में उन झिलमिलाते सायों को उसने अपनी यादों में हमेशा के लिए संभाल लिया। कुछ देर बाद इकबाल की आंखों ने उस झिलमिलाहट को नकार दिया और उसके चेहरे की पिघली हुई लकीरें अपनी-अपनी जगह पर स्थिर हो गईं। इसके बाद इकबाल बोला :

"चेती! मैं इस दुनिया में सिर्फ एक ही औरत से प्यार करता हूं... अपनी मां से! और इस प्यार को निर्विघ्न रखने के लिए यह ज़रूरी है कि मैं किसी दूसरी औरत कों प्यार न करूं...तुम शायद न समझो..."

"समझ सकूं या नहीं, लेकिन किसी 'विघ्न' के रूप में कहीं आना या खड़ी होना-मुझे कभी स्वीकार न होगा।"

"मैं जानता हूं चेती! इसीलिए तुम्हें यह बता रहा हूं। इसका मतलब यह नहीं कि सिर्फ तुम्हीं '-विघ्न' हो...दुनिया की कोई भी औरत इस रास्ते में विघ्न के अलावा और कुछ नहीं हो सकती।"

"शायद।"

"तुम मेरे बारे में, मेरी मां के बारे में कुछ जानती नहीं हो, इसलिए 'शायद' कह रही हो। लेकिन..."

"सिर्फ एक बात चाहती हूं। मेरे ख्याल में वह मुनासिब भी है। पर तुम्हें मुनासिब न दिखे तो उसे भी जाने देती हूं..."

"क्या?"

"जो कुछ मैं नहीं जानती, अगर उसे जान जाऊं, तो शायद मुझे भी तुम्हारी तरह 'शायद' नहीं कहनी पड़े।"

"...आई डोंट वांट टू बी ए मिस्टरी..." इकबाल ने कहा। कुछ देर पहले उसके चेहरे की पिघली हुई जो रेखाएं अपनी-अपनी जगह पर स्थिर हो गई थीं, लगा जैसे अब पथरा भी गई हों।

"मैं अपनी मां का एक गैर-कानूनी लड़का हूं..." इकबाल ने कहा और हंस पड़ा। इस हंसी ने उसके चेहरे की पथराई लकीरों को जैसे उनकी जगह

से हिलाना चाहा हो। पर पथराई चीज़ें हिलतीं नहीं-टेढ़ी हो सकती हैं। इकबाल के चेहरे की लकीरें भी कुछ टेढ़ी हो आईं और वह बोला, "एंड आई डोंट केअर फार इट।"

"अच्छा...फिर?"

"तुम सोचती होगी–मेरी मां ने अपनी जवानी के दिनों में किसी खूबसूरत नौजवान से मुहब्बत की होगी, सपनों के जादुई महलों में कुछ दिन रहकर उसने देखा होगा, और ज़िन्दगी ने उसके साथ कई इकरार किए होंगे...नहीं चेती, यह सब नहीं हुआ। उसने मर्द का सिर्फ एक ही रूप देखा है, वह रूप जो मर्द का सबसे घटिया रूप होता है, अगली... हेटफुल।" कई एक और इस जैसे शब्दों का ज़हर निगलकर इकबाल बोला, "जानती हो मेरे बाप का क्या नाम है? मेरे बाप का नाम है 'हेटफुल आस्पैक्ट आफ ए मैन।"

"आई अंडरस्टैंड।"

"जिस अमीर आदमी के बंगले में उसकी डोली में बैठकर आई औरतें भी अपने-अपको बदनसीब समझती थीं, मेरी मां उस आदमी की हवेली में गई थी–धुले हुए कपड़े देने के लिए। चौदह-पन्द्रह साल की बच्ची को जब उसके बीमार बाप ने भेजा होगा, उसे उस बच्ची की बदनसीबी का ख्याल बिल्कुल नहीं आया होगा..."

चेतना ने कुछ कहने के लिए मुख खोला, पर उसकी जीभ तलुवे से सटी रही। वह कुछ बोल न पाई।

"मुझे यह बताने में कोई शर्म नहीं चेती, कि मेरी मां धोबियों की बेटी है। रहमान धोबी की बेटी अनवरी..."

"इकबाल!"

"मैंने अपनी मां की छाती से दूध नहीं पिया चेती! नफरत पी है..."

"पर इकबाल!"

"क्या कहने चली थीं तुम?"

"क्या तुम्हारे खयाल में अम्मां बड़ी बदनसीब हैं?"

"और बदनसीबी किसे कहते हैं चेती?"

"मेरे खयाल में सबसे बदनसीब आदमी वह है, जो अम्मां जैसी औरत को अपनी औरत न कह सका, और तुम जैसे बेटे को अपना बेटा न कह सका।"

"इस खयाल से अम्मां का कुछ संवरने का नहीं चेती! जो साल उसने इस हालत में बिताए हैं, वह साल उसे कोई लौटाकर नहीं दे सकता।"

"यह मैं मानती हूं।"

"ज़िन्दगी का सिर्फ एक ही तज़रबा...वह भी इस जैसा...और फिर कुछ दिनों बाद जब उसे यह मालूम हुआ होगा कि वह मां बनने वाली थी...उसका बाप अपनी जाति के एक बूढ़े धोबी के साथ उसका निकाह करके उसे इस शर्म से बचाना चाहता था, पर अम्मां ने ज़िन्दगी भर के लिए शर्म को सहेज लिया, किसी मर्द को कबूल न किया। लोगों के कपड़े धोए, अस्पताल में नर्स बनकर रही, मुझे पालती रही, बढ़ाती रही..."

"और उस मर्द ने..."

"सिर्फ बुढ़ापा ढले उसे खयाल आया कि कभी एक गरीब औरत की कोख से उसे एक बेटा हुआ था। वह भी इसलिए कि ज़िन्दगी-भर इन्तज़ार करने के बाद वह निराश हो गया था कि उसके घर में अब औलाद नहीं होगी।"

"उसकी और कोई औलाद नहीं?"

"नहीं, कोई नहीं। उसने शादी भी एक नहीं की। कई शादियां कीं। पर औलाद का मुख न देख सका।"

"उसने कभी तुम्हें देखा है।"

"हां, देखा है। तब मैं बहुत छोटा नहीं था। उसने मेरी मां को खबर भिजवाई कि कुछ रुपया लेकर बेटा उसे दे दे..."

"रुपया लेकर? क्या मतलब?"

"वह मेरी मां को नहीं अपनाना चाहता था सिर्फ मुझे चाहता था।"

"फिर?"

"मेरी मां ने रुपये लेने से इनकार कर दिया और कहला भेजा कि वह बेटे का सौदा नहीं कर सकती..."

"पर उसने खरीदने का साहस किया कैसे? वह मांग सकता था, मांफी भी मांग सकता था, बेटा भी मांग सकता था!"

"बदतमीज़ी की सीमा होती है क्या?"

"फिर?"

"मेरी मां ने रुपयों से इनकार कर दिया। पर मन में वह सोचती थी कि अगर बेटा उसे दे दूं तो सुख में पलेगा–पेटभर खाएगा, पहनेगा और अच्छे स्कूल में पढ़ेगा!"...

"बलिदान की भी सीमा..."

"मैं इतना छोटा नहीं था कि इस बात को समझ न पाता। मैं सोचता था कि अगर मां को छोड़कर बाप के पास चला जाऊंगा तो यह ऐसा लगेगा जैसे मैं दौलत के लिए मां को छोड़ रहा होऊं। ठीक उसी तरह, जिस तरह मेरे बाप ने 'इज़्ज़त' के लिए उस औरत को छोड़ दिया था। एक मर्द ने 'इज़्ज़त' के लिए उस औरत को छोड़ दिया और दूसरे मर्द ने 'दौलत' के लिए... आखिर मैं भी तो एक मर्द था...जो औरत एक बार 'बीवी' के रूप में अस्वीकार हुई थी, दूसरी बार मां के रूप में अस्वीकार हो जाती..."

"इकबाल..."

"अब तुम मुझे समझ सकती हो, चेती!"

"हां!"

"पिछले दिनों मैं एक नीग्रो औरत की जीवनी पढ़ रहा था। उसने ज़िन्दगी-भर काले आदमियों को गोरे आदमियों के सामने सिर झुकाते हुए देखा था। सिर को इस तरह झुकाने से उसे इतनी नफरत हो गई कि गिरजे में जाना उसने सिर्फ इसलिए छोड़ दिया कि उसे एक गोरे पादरी के सामने सिर झुकाना पड़ेगा...चेती!"

"हां।"

"मेरा यह जनम मां के नाम है। यह 'मदर फिक्सेशन' नहीं चेती!"

"नहीं, यह 'मदर फिक्सेशन' नहीं।"

"मां ने अगर इस दुनिया में किसी चीज को अपनी कहने का अधिकार

लिया है तो सिर्फ मुझे। मैं इस अधिकार को किसीसे नहीं बांट सकता...उस लड़की से भी नहीं जिससे मैं प्यार करूं...मेरा मतलब है मैं किसी लड़की से प्यार नहीं करता, न ही कभी करूंगा..."

चेतना ने इकबाल को समझा, पूरी तरह, पूरी तरह से भी अधिक। क्योंकि इकबाल जो कुछ उसे समझाना चाहता था, चेतना ने वह भी समझा और जिस बात को इकबाल चाहता नहीं समझे, चेतना ने उस बात को भी समझ लिया।

"इकबाल! मां ने तुम्हें अपने साथ पटियाला क्यों नहीं ले जाना चाहा?"

"मेरा बाप वहां रहता है। वह अभी जीवित है। पहले उसने मुझे पाने के लिए रुपयों का लालच दिया था और फिर धमकी दी थी कि वह मुझे ज़बरदस्ती किसी दिन उठवा लेगा। यही नहीं-मुझे मरवा देने की भी उसने धमकी दी थी।"

"मरवाने की!"

"जिस चीज़ को कोई खुद न पा सके, उसके लिए उसकी खीझ यह रूप भी ले सकती है।"

"शा...य...द...."

"इसलिए मेरी मां ने बहुत पहले पटियाला छोड़ दिया था। यहां दिल्ली आकर एक अस्पताल में नर्स बन गई थी...फिर उसके बाप ने जो कुछ जमा कर रखा था, मरते हुए उसके नाम कर दिया, जिससे उसके दिन कुछ आसान हो गए...चेती!"

"हां!"

"यह सारी बात सुनकर तुम्हें क्या लगता है? तुम्हारी नज़र में मेरी अम्मा..."

"अम्मां? पहले वह मुझे बड़ी अच्छी लगती थीं, अपनी मां की तरह। किसी लड़की को कोई औरत शायद अपनी मां से ज्यादा अच्छी नहीं लग सकती। पर अब मैं सोचती हूं कि अम्मां मुझे अपनी मां से भी अधिक अच्छी लगेंगी।"...

"चेती!"

"हां!"

"तब तुम मेरी एक सहायता करोगी? मेरे लिए, या उस औरत के लिए-जिसके लिए तुमने कहा है कि वह तुम्हें अपनी मां से भी ज़्यादा अच्छी लगेगी।"

"हां।"

"अगर अपने मन में तुमने कभी मेरे लिए कुछ सोचा हो, तो आगे मत सोचना।"

"क्या मतलब?"

"मैं कभी विवाह नहीं करूंगा।"

"अच्छा।"

"इकरार हुआ?"

"हां!"

"एक दोस्त की तरह इकरार का हाथ बढ़ाओ!"

चेतना के हाथ बढ़ाने पर इकबाल ने जब उसका हाथ अपने हाथ में पकड़ा तो होनी, जो सालों से इस तरह चुप साधे बैठी थी, जैसे उसने अपने मुंह में घुघनी डाल रखी हो, दोनों के कांपते हाथों को देखकर खुद भी कांपने लगी।

सात

अम्मां अभी पटियाला से नहीं आई थी। यह दूसरे दिन शाम की बात है। चेतना इकबाल के घर आई। उस दिन बिजली 'आफ' थी। शहर में उन दिनों बिजली का एक जैनरेटर खराब था। बिजली वाले शहर के अलग-अलग हिस्सों को कुछ घंटों के लिए बिजली देने के लिए शहर के एक हिस्से की बिजली बुझाकर बिजली की सामूहिक कमी को पूरा कर रहे थे। चेतना ने आकर कमरे में मोमबत्ती जला दी। शायद मोमबत्ती की लपट के कांपने से, या वैसे ही, इकबाल को अनुभव हुआ, कि चेतना की सारी देह मोमबत्ती की लपट की तरह कांप रही थी।

"चेती!"

"हा !"

"क्या बात है?"

"कुछ नहीं।"

"तुम...तुम्हारी तबीयत ठीक नहीं?"

"ठीक है।"

"पर तुम..."

"इकबाल! कल तुमने एक बात कहने के लिए मुझे यहां बुलाया था..."

"हां।"

"आज मैं तुम्हें एक बात कहने के लिएं यहां आई हूं।"

"यहां मेरे पास बैठ जाओ, चेती।"

"बैठ जाती हूं...पर..."

"हां चेती!"

"तुम मेरी एक बात मानोगे?"

"जो भी कहोगी मानूंगा, सिर्फ़ एक बात छोड़कर।"

"क्या?"

"वही, जो मैंने कल कही थी। मैं शादी कभी नहीं करूंगा। बस यह मत कहना कभी! और जो मन में आए मुझे कह लो..."

"नहीं! मैं वह नहीं कहूंगी। मैंने इकरार किया है। कभी नहीं कहूंगी।"

"और जो चाहे कह लो।"

"मैं..."

"तुम कहती क्यों नहीं हो चेती?"

"यह बात शायद कभी भी किसी औरत ने नहीं कही...मैं भी कभी न कहती...मगर मेरे हालात साधारण होते, मेरा मतलब है 'नारमल' होते..."

"मेरा कल का वाक्य?"

"हां, तुम्हारा कल का वाक्य।"

"पर मैंने तो अपनी बात कहने में इतनी देर नहीं की थी।"

"क्योंकि वह व्यतीत की बात थी। व्यतीत की बात कहना कठिन नहीं होता।"

"और तुम्हारी भविष्य की बात है?"

"भविष्य की भी नहीं। सिर्फ अब की। इतने से 'अब' की, जिसका न कभी व्यतीत होगा न कभी भविष्य बनेगा।"

"तो फिर ज़रा से 'अब' के लिए इतनी देर?"

"इकबा..."

इकबाल ने चेतना के घबराए हुए जिस्म को अपनी बांहों में कस लिया। चेतना को लपेटे हुए ये शायद इकबाल की बांहें नहीं थीं...एक तगड़े और ईमानदार मर्द की बांहें एक कोमल और घबराई हुई औरत को अपने में लिए हुए थीं...

"चेती!"

"क्या तुम्हें मेरी इस बात में एतराज़ होगा अगर मैं कहूं कि इस दुनिया में मुझे कभी कोई इतना 'अपना' नहीं लगा, जितना तुम लगते हो?"

"यह मैं जानता हूं, चेती!"

"और तुम यह भी जानते हो, समय आने पर और को किसी न किसी मर्द से ज़रूर बंध जाना होता है..."

"हां...जब तुम विवाह करोगी चेती..."

"हो सकता है वह मर्द मुझे इतना 'अपना' महसूस न हो, जितना तुम होते हो।"

"पर, चेती!"

"मैं और कुछ नहीं चाहती। सिर्फ यह चाहती हूं कि एक औरत को एक मर्द से जो तजुरबा होता है, अगर वह तजुरबा कहीं उस मर्द से हासिल हो सके जिसे वह गैर न महसूस करती हो..."

"चेती!"

"मैं ज़िन्दगी में यह पहला तजुरबा किसी और से नहीं कर सकूंगी।..."

चेतना कांप रही थी, जिससे इकबाल ने चेतना को अब तक अपनी बांहों में ही लिए रखा था। अब उसे महसूस हुआ कि उसकी अपनी बांहें भी कांप रही थीं। बात को हंसी का रंग देने के लिए अपने होंठ चेतना के कान के पास ले जाकर इकबाल बोला, "पहला तजुरबा मुझसे, और फिर दूसरा?"

चेतना ने अपने को इकबाल की बांहों से छुड़ा लिया और भरी आवाज़ में बोली, "जब तुमने यह फैसला कर लिया है कि मुझसे विवाह नहीं करोगे, तो यह पूछने का हक तुम्हें नहीं कि मेरा दूसरा तजुरबा किसके साथ होगा।"

"पर चेती! विवाह के बिना, विवाह के इकरार के बिना... यह हादसा वैसा ही होगा...उतना ही बुरा...जितना मेरे बाप से मेरी मां के साथ हुआ था। क्या तुम चाहती हो कि मैं उस हादसे को दुहराऊं?"

"नहीं इकबाल! यह वह हादसा नहीं। उसमें औरत की रज़ा नहीं थी, औरत की मर्ज़ी के बिना जब भी कुछ होता है—उसे माफ नहीं किया जा

सकता–बेशक वह गैर-मर्द से हुआ हो, और बेशक एक खाविंद से, एक कानूनी खाविंद से...”

इकबाल ने जेब से सिगरेट की डिब्बी निकाल ली। जेब में माचिस नहीं थी। उसने मोमबत्ती की लपट से सिगरेट सुलगा ली और कुछ देर चुपचाप सिगरेट पीता रहा।

“चेती!”

“हां!”

इधर आओ! तुम्हें कुछ दिखाऊं। इस सूटकेस में अम्मां की चाबियां रखी हैं। चाबियां निकालकर मोमबत्ती हाथ में ले लो और साथ के कमरे में चलो–अम्मां के सोने वाले कमरे में।”

साथ के कमरे में जाकर चेतना ने जब इकबाल के कहने पर टिन की एक काली पेटी को खोला तो उसने देखा कि उसमें कुछ चद्दरें रखी थीं।

“चद्दरें बाहर निकाल दो...नीचे...और नीचे...”

“ये भी कपड़े हैं, एक सूट-सा है–सलवार और कमीज़।”...

“इसे बाहर निकालकर देखो।”

“देख रही हूं।”

“जानती हो, अम्मां ने यह ‘कुड़ती’ और ‘सलवार’ किसलिए संभाल रखे हैं?”

“किसलिए?”

“आखिरी समय पहनने के लिए?”

“आखिरी समय?”

“अम्मां कहा करती है कि यह मैंने अपना ‘कफन’ सिलवाकर रखा हुआ है।”

“कफन?”

“ये कपड़े अम्मां ने उस दिन पहने हुए थे, जिस दिन वह मेरे बाप की हवेली में उसके धुले हुए कपड़े देने गई थी।”

"औ..."

"वास्तव में वह उसी दिन मर गई थी, उसके अंदर की वह औरत उसी दिन मर गई थी–जिसने अभी जवान होना था, जिसने अपनी आंखों में सपनों का काजल आंजना था, जिसने अपने हाथों पर प्यार का महावर लेपना था, और जिसने न जाने कितने शकुन मनाकर अपनी गोद में एक बेटा खेलाना था..."

"चेतना चुप रही। छींट की 'कुड़ती' और लट्ठे की 'सलवार' को उसने ऊपर उठाकर आंखों से छुआ लिया। अम्मां की आंखों में ये कपड़े कफन थे, दुनिया की आंखों में ये कपड़े नापाक थे, पर चेतना की आंखों में ये कपड़े कुंआरे के कुंआरे थे।

"चेती!"

"हां।"

"तुम समझी हो ये कपड़े मैंने तुम्हें क्यों दिखाए?"

"समझती हूं। डरना चाहिए था, डरी नहीं।" चेतना बोली और मोमबत्ती की रोशनी में उसने अपने गले के कपड़ों को देखा। चेतना ने कपोती-रंग की कमीज़ पहने हुई थी। सिल्क की सलवार और चुन्नी हल्के टसरी रंग की थी।

इकबाल ने चेतना के हाथ से लेकर मोमबत्ती को पेटी के एक कोने पर रख दिया। उसने चेतना को अपनी दोनों बांहों में लेकर उसके माथे को धीरे से चूमा और बोला, "चेती! अपने गले में पहने कपड़ों को मेरी मां की तरह अपना कफन मत बनाओ!"

चेतना ने इकबाल की बांह से सटे हुए अपने होंठों से कितने ही गहरे सांस भरे और बोली, "तुम्हें विश्वास दिलाती हूं इकबाल! मैं इन कपड़ों को अपना कफन नहीं बनाऊंगी।"

"और क्या बनाओगी, चेत्ती?"

"विवाह का जोड़ा।"

"पर तुम जानती हो कि हमारा कभी विवाह नहीं होगा...मेरा मतलब है मैं नहीं करूंगा..."

"जब, जिससे भी विवाह करूंगी, उस दिन यही कपड़े पहनूंगी।"

"उस आदमी से इंसाफ होगा यह?"

"इंसाफ और बे-इंसाफी का फरक मैं खुद समझती हूं। उसे भी समझा लूंगी।"

"उसे तो तब समझाओगी–पहले मुझे समझाओ तो।"

"अच्छा समझाती हूं।..."

"बताओ।"

"उस आदमी के पहली बार मेरे जिस्म को हाथ लगाने पर अगर मैं यही सोचती रही कि अगर कहीं यह हाथ मुझे पहली बार इकबाल ने लगाया होता..."

"शायद एक बार यह ख्याल आएगा, बाद में भूल जाएगा।"

"जो ख़्याल कभी पूरा न हुआ हो, वह एक बार नहीं, बार-बार आता है। पहली बार भी यह ख़्याल आएगा, और फिर बार-बार आएगा...और यह उसके साथ इंसाफ होगा?"

चेतना एक सुलगते कोयले की तरह तड़क उठी। जाने कब एक चिनगारी उड़कर इकबाल की छाती में जा पड़ी, कुछ धुआंया, कुछ सुलगा, कुछ भभका और इकबाल ने चेतना को कसकर अपने गले से लगा लिया। इकबाल के होंठों ने चेतना के होंठों को इस तरह चूमा, जैसे मुद्दत से उन्हें खोज रहे हों।

जो बात किसी औरत ने कभी किसी मर्द को कहने की पहल नहीं की थी, वह पहल आज चेतना ने की थी। पर उससे आगे इकबाल ने चेतना को वह कोई भी पहल न करने दी, जिसे करने में चेतना को लजाना पड़ता। इकबाल की उंगलियों ने चेतना की कमीज़ के बटन खोलने की जब पहल की तो आगे की हर पहल उसने अपने ज़िम्मे ले ली। कमरे में एक पुरानी दरी बिछी हुई थी। चेतना उसी दरी पर इकबाल की बांह पर सिर रखकर लेटी हुई थी। ऊंची जगह पड़ी हुई मोमबत्ती जल्दी-जल्दी इस तरह पिघलने लगी थी, जैसे वह झुककर एक बार अच्छी तरह चेतना का चेहरा देख लेना चाहती हो।

इकबाल को डाक में एक पत्र मिला। पत्र चेतना का था। चेतना बेशक पड़ोस में थी और जब चाहे इकबाल को मिलने आ सकती थी, कह सकती थी और सुन सकती थी। पर खत पढ़ने के बाद इकबाल को महसूस हुआ कि जो कुछ खत में लिखा था वह कहने और सुनने की सीमा से परे की बात थी। खत में लिखा था :

"A poem should be wordless as
The flight of birds
A poem should be motionless in
Time as the moon climbs
A poem should not mean but be."

"इकबाल! ये पंक्तियां मेरी नहीं लिखीं, पर मैंने इन्हें जिया हुआ है, और आज मुझे लग रहा है कि मेरा नाम चेतना नहीं, आज मेरा नाम एक 'कविता' है।"

खत पढ़ने के बाद इकबाल को लगा कि उसके दिल की वह जगह पिघल रही थी, जिसके बारे में उसने सोचा था किसी भी सेंक से नहीं पिघल सकती। इन पिघले हुए क्षणों में इकबाल को लगा कि अगर चेतना एक 'कविता' थी तो वह इस 'कविता' को लिखने वाला एक 'शायर' था।

लेकिन शायर की कल्पना करके इकबाल को अपना आप पहचाना हुआ सा न लगा। वह खुद अपनी नज़रों में जैसे अजनबी बन गया हो। उसने खत को एक बार फिर पढ़ा और फिर उसे हाथ में पकड़े हुए चेतना के खत से जैसे डर लगने लगा। उसे लगा कि यह खत कागज़ का एक पुर्जा नहीं था, आग की एक लपट थी। इस लपट के सेंक में उसका मन और उसकी मर्ज़ी पिघल सकती थी, इस लपट की रोशनी में उसका मुख, उसका मुख नहीं रहना था।

इकबाल ने खत एक तरफ रख दिया : 'चेतना अगर एक नज़्म है तो इस खत को लिखनेवाली शायरा भी वह खुद है। उसकी कल्पना उसे मुबारक! मुझे किसी कल्पना से कोई सरोकार नहीं...' इकबाल ने खत का जवाब नहीं देना था, न दिया ही। साथ ही उसने खत भी फाड़ दिया ताकि वह फिर कभी इस खत को न पढ़े।

इकबाल पूना वापस चला गया। जाते समय वह चेतना को मिलकर नहीं गया था जिससे रास्ते में उसे हल्की-सी बेचैनी रही। पर पूना पहुंचकर वह अपने काम में व्यस्त हो गया तो उसे लगा कि वह चेतना को भूल गया था।

एक दिन इकबाल और उसके साथी 'लेबोरेट्री, में काम कर रहे थे तो बिजली जाती रही। उनमें से एक ने दराज में से मोमबत्ती ले, जेब से माचिस निकालकर जलाकर रख दी। मामूली-सी घटना थी। पर इकबाल ने जब मोमबत्ती की लपट से अपनी सिगरेट सुलगाई तो वह चौंक गया। उसे लगा जैसे अंधेरे में कहीं चेतना खड़ी थी और उसे कह रही थी, 'मैं अपने गले के कपड़ों को अपना कफ़न नहीं बनाऊंगी, मैं इसे विवाह का जोड़ा बनाऊंगी। जिस दिन किसी से विवाह होगा, उस दिन यही कपड़े पहनूंगी...!

इकबाल 'लेबोरेट्री' से बाहर आ गया। बाहर भी अंधेरा था। पर कमरे का बंद अंधेरा नहीं था, फैलाव का झीना अंधेरा था। 'शायद...शायद अब तक चेतना को वह आदमी मिल चुका हो जिससे उसका विवाह होगा... और चेतना विवाह के दिन उन कपड़ों को पहनेगी।' इकबाल को लगा जैसे उसके गले में पहनी कपोत-रंगी कमीज़ का रंग उसकी आंखों में फैल गया था, और चेतना की सिल्क की चुन्नी की हल्की-सी सरसराहट वह अपने कानों से सुन रहा था।...

इकबाल ने सोचनां चाहा कि चेतना पराई चीज़ थी...पर यह सोचते हीं जैसे इकबाल के मन का कुछ रिस गया हो। फिर इकबाल ने सोचना चाहा कि चेतना उसकी अपनी थी, सिर्फ उसी की...पर उसकी बेचैनी उसी तरह कायम रही।

उस रात यह बेचैनी इकबाल के मन में फांक की तरह कसकती रही। उसने कई बार बिजली जलाई और बिस्तर से उठकर किताब पढ़ने की इस तरह कोशिश करता रहा जैसे कि नाखूनों से फंसी हुई फांक निकालने की

कोशिश कर रहा हो। कई बार फांक का कांटा झड़ जाता और लगता कि फांक निकल गई है, पर कुछ देर बाद वह फिर से कसकने लगती। इकबाल समझ नहीं पा रहा था कि उसे क्या हो गया है।

इकबाल को दिल्ली से आए चार महीने हो चले थे। उसने न कभी चेतना को खत लिखा था, न उसके खत की इंतज़ार की थी। पर एक रात अचानक उसे चेतना का सपना आया। बड़ा भयानक सपना था। सपने में चेतना पूना उसके होस्टल में आ गई थी और उसके कमरे में आकर रोने लगी थी। रोते में ही उसने बताया कि उसकी मां ने जबरदस्ती उसका विवाह किसी से कर दिया था। जिस आदमी से उसका विवाह हुआ–वह आदमी उसे बहुत तंग करता था। उस आदमी से छुटकारा पाने के लिए चेतना ने उसे मार डाला था। पुलिस उसे खोज रही थी। पुलिस से बचने के लिए वह पूना इकबाल के पास चली आई थी।

सपने में इकबाल को चेतना पर बहुत क्रोध आया था। उसने कहा था कि लड़कों के इस होस्टल में वह चेतना को कहीं नहीं छुपा सकेगा। पर चेतना उसके कमरे से जा नहीं रही थी। वह कुर्सी से उठकर कपड़ों की आलमारी में छुप गई थी। इकबाल को अस्पताल जाना था। वह चला आया था। पर लौटने पर उसने देखा कि चेतना उसके बिस्तर पर सो रही थी। उसने चेतना को जगाना चाहा। पर जब उसने चेतना का हाथ हिलाकर उसे जगाना चाहा तो उसके बदन का ख़ून जैसे गर्म हो आया हो। उसकी सारी देह तन गई और उसने बिस्तर पर सोई हुई चेतना के होंठों को चूम लिया।

ख़ून का सेंक इकबाल के सिर में धिर आया था और वह घबराकर नींद से उठ बैठा था। चेतना कहीं नहीं थी। चेतना अगर सचमुच उसके पास आ जाती तो शायद इकबाल को इतना सदमा न पहुंचता जितना चेतना को अपने सपने में देखने से उसे पहुंचा था। वास्तव में चेतना ने नहीं उसने खुद सोचा था कि चेतना उसके पास आ जाए। यह बात अलग थी कि सपने में भी वह चौकस रहा था जिससे उसने खुद चेतना को आने के लिए नहीं कहा था, बल्कि यहां आने का दोष भी उसने चेतना पर लगा दिया था।

'मेरे सपने में जिससे चेतना का विवाह होता है, चेतना उसे मार डालती है...वास्तव में चेतना ने उसे नहीं मारा। यह मेरा सपना था, मैंने उसे मारा था, मैंने चाहा कि वह जीवित न रहे। मैंने खुद नहीं मारा, चेतना के हाथों

मरवा दिया...इस सपने का अगर विश्लेषण किया जाए...मैं खुद कातिल हूं...यह मेरी कैसी इच्छा है...हत्या की इच्छा...क्या मैं सचमुच चेतना का किसी और आदमी के पास होंना सह नहीं सकता...' साथ ही इकबाल के मन में एक और विचार कौंधने लगा :

'शायद मेरे मन में गहरे कहीं गुनाहों के बीज छुपे हुए हैं–इसलिए कि मैं किसी शरीफ बाप का बेटा नहीं हूं......' इकबाल की आंखें छलक आईं।

इकबाल की सारी रात करवटें बदलते हुए गुज़री। वह सवेरे उठा तो उसके कंबल में उतनी ही सलवटें पड़ी हुई थीं जितनी उसकी सोचों में ।

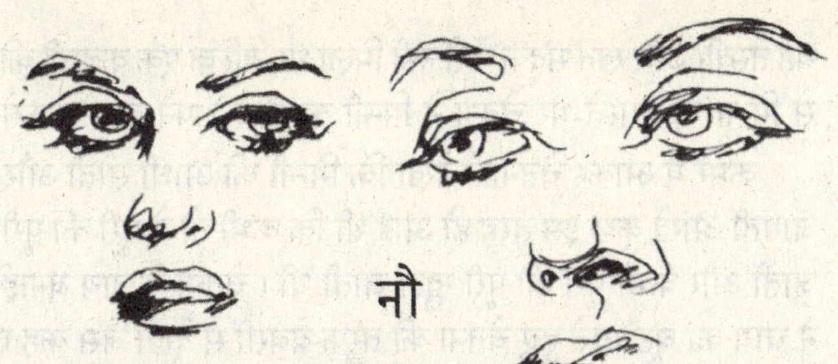

नौ

बहुत दिनों बाद, बहुत दिनों बाद, चेतना को मिन्नी इस तरह मिली जैसे सालों बाद अलमारियों और पेटियों को खोलते हुए किसी को अपनी खोई हुई कापी या कोई गुमी हुई तस्वीर या खोया हुआ खत मिल जाता है। चेतना ने तपाक से मिन्नी का हाथ पकड़ लिया। पर जब उसने गौर से मिन्नी के मुख की ओर देखा तो उसे लगा कि सालों बाद मिली कापी के पृष्ठ मुड़े हुए थे, सालों बाद पाई तस्वीर का चेहरा उचटा हुआ था, और सालों बाद मिले खत की स्याही इतनी फीकी पड़ गई थी कि उसके अक्षर भी नहीं पढ़े जाते थे।

"मिन्नी!" चेतना उसके कन्धों से ज़्यादा उसके मन को झकझोरकर बोली।

"हां, चेती! कैसी हो?"

"जो बात मुझे पूछनी चाहिए, तुम मुझसे क्यों पूछ रही हो? मेरे हाल को क्या हुआ है? चंगी-भली हूं।"

"सुना था तुम्हें एक अच्छी नौकरी मिल गई है...एक बार तुम्हें देखा भी था। टेजीविज़न में काम करती हो न?"

"इसीलिए तो कहती हूं कि मेरा हाल भी कोई पूछने का है। पूछने का तो तुम्हारा हाल है।

"मेरा हाल?..." मिन्नी चुपिया गई।

"मुझे तो पूछते भी डर आता है।"

"खुद ही सोचो, अगर तुम्हें पूछते हुए डर आता है तो मुझे बताने में कैसा लगता होगा?"

चेतना और मिन्नी की यह मुलाकात भीड़-भड़क्के में हुई थी। चेतना मिन्नी को खींचकर अपने घर ले आई। उसे लग रहा था कि उसे यह कापी,

यह तस्वीर और खत संदूक में से नहीं मिला था, बल्कि एक कबाड़ी की दूकान से मिला था। रास्ते-भर चेतना ने मिन्नी का हाथ अपने हाथ में कसे रखा।

कमरे में आकर चेतना ने देखा कि मिन्नी की आधी सोती और आधी जागती आंखें कुछ इस तरह हो आई थीं कि कभी तो वे पूरी की पूरी झपक जातीं और कभी पूरी की पूरी खुल जाती थीं। चेतना ने चाय बनाई मिन्नी ने चाय का घूंट भरते हुए चेतना की तरफ बेबसी से देखा जैसे कह रही हो, 'तुम्हारा बड़ा ही भला हो अगर मुझसे कुछ न पूछो।'

चेतना ने बेशक चाहकर मिन्नी को अपने पास बिठा रखा था, पर इस मैले और कन्नी से फटे हुए बंद लिफाफे को खोलने से चेतना भी डरती थी, जाने उसमें क्या लिखा हुआ था। लिफाफे हमेशा खुशी का पैगाम ही तो नहीं लाते...

चेतना चाय का प्याला पीकर कुछ रिकार्ड बजाने लगी। चेतना ने अपनी पसंद के कुछ गीत खरीद रखे थे। वह रेडियो कम सुनती थी। गीतों के बारे में उसकी पसंद बड़ी माकूल थी। कभी-कभार ही कोई गीत उसे पसंद आता था। इसी से कुछ गीत चुनकर उनके रिकार्ड उसने संभाल रखे थे। रिकार्ड बजते रहे। मिन्नी सुनती रहीं, पर सुनते-सुनते उसकी आंखें कभी इतनी बौरा जातीं, और उसके कान कभी इतने चौंक उठते, जैसे वह किसी वर्जित घाटी में आकर खड़ी हो गई हो। उसका मन इस वर्जित घाटी की खूबसूरती से बागी नहीं था, पर उसके मन पर जैसे अपने अपराधी होने का भार हावी हो। गीत में के ये बोल आने पर

"काटें लबों को हरफे तमन्ना के नाम पर
चूमें सलीब कामते रहना के नाम पर"

मिन्नी कुर्सी से उठकर चेतना की चारपाई पर लेट गई। उसके सिर को जैसे सिरहाने के सहारे की ज़रूरत हो। गीत के आगे के बोल थे :

"कातिल गुनाहगार नहीं, हम गुनाहगार
हमने फरेब खाए मसीहा के नाम पर"

मिन्नी ने जाने किस फरेब में डूबती-तिरती आंखों से चेतना की तरफ एक नज़र देखा। उसकी नज़र जैसे गिड़गिड़ाकर चेतना को कह रही हो, 'तुम मेरा हाल क्यों नहीं पूछ रही हो? तुम नहीं पूछोगी तो कौन पूछेगा?'

"तुमने इन सालों में बहुत गीत लिखे होंगे! बड़े प्यारे गीत!" चेतना ने पूछा। ।

"नहीं चेती! जैसे गीत तुम सोचती हो, मैंने वैसा कुछ नहीं लिखा।"

"यह कैसे हो सकता है!"

"मुहब्बत के गीत लिखना तो खाली लोगों का काम है, अमीर आदमियों का शुगल, स्वार्थी लोगों का..."

चेतना चौंक उठी, "मिन्नी!"

"हमारे देश में गरीबी बहुत है चेती! बेहद जहालत! बेकार की कविताओं का लोग क्या करेंगे! जब लोगों को गेहूं की रोटी न नसीब होती हो, तब उनसे फलों की खुशबुओं की बातें कैसे की जा सकती हैं..."

"मिन्नी!" चेतना ने कुछ कहना चाहा पर उसे लगा कि मिन्नी वहां नहीं बैठी थी। जो मिन्नी बैठी दिख रही थी, वह जाने कौन थी, इसने मिन्नी की सिर्फ आकृति उधार ली हुई थी।

"साथ ही जो अधिकार सबको नहीं मिल सकता, सिर्फ गिनती के लोगों को मिल सकता है।"

"कौन-सा अधिकार, मिन्नी?"

"उदाहरण के लिए यही...कविता लिखने का अधिकार..."

"हक तो सभी को होता है, जांच सबको नहीं आती। जांच किसी एक-आध..."

"यही तो कह रही हूं, जो जांच सबको नहीं आ सकती, वह जांच..."

"मिन्नी, यह तुम कह रही हो?...इस तरह तो कोई भी हुनर किसी को नहीं सीखना चाहिए।"

"बाकी हुनर तो सीखने से आ जाते हैं, किसी को भी आ जाते हैं...पर यह नज़्म लिखने का हुनर...वैसे लोगों ने यह बात भी बना रखी है कि यह हुनर इलाही होता है। हम लोग ऐसा नहीं मानते..."

"तुम लोग? तुम लोग कौन?"

"जग्गी, और उसके सारे साथी।"

"जग्गी कौन है, मिन्नी?"

"जग्गी मेरा दोस्त है...दोस्त था...अब भी दोस्त है..."

चेतना को सांस लेते हुए लगा जैसे देखते-देखते उसका हर एक सांस किसी अनकही पीड़ा से लंबा हो गया था।

"मिन्नी, तुमने बड़े प्यारे गीत लिखे थे...और मुझे तुम्हारी वह बात कभी नहीं भूलती..."

"कौन-सी बात?"

"वह 'चांदी की घंटियोंवाली' बात!..."

मिन्नी ने नज़र टेककर चेतना की तरफ देखा। यह टेक उसकी आंखों ने इतनी नहीं लगाई थी जितनी उसके कानों ने। शायद उसके कान दूर-पास से कहीं कोई घंटी की आवाज़ सुन-पहचान रहे थे। कुछ देर बाद मिन्नी ने आंखें हटा लीं। शायद उसे विश्वास हो गया कि अब कहीं से भी चांदी की घंटियों की आवाज़ नहीं आएगी। चेतना को लगा जैसे चांदी की सारी घंटियां किसी ने समेटकर कुठाली में रख दी थीं और टनटनाती चांदी की घंटियां पिघलकर जैसे अब चांदी की एक ईंट बन गई हों। मिन्नी चांदी की एक ईंट की तरह चेतना के सामने बैठी हुई थी।

"नरेश कहां है आजकल?" चेतना ने पूछा। उसे खुद ही लगा जैसे उसने यह आवाज़ गले से खींचकर निकाली है।

"नरेश?"

"उसका नाम भी भूल गई हो?"

"नहीं, पर पता नहीं कहां है। काफी साल हुए तब वह बंगलौर में था। अब मालूम नहीं..."

"कभी खत नहीं लिखा उसने?"

"पहले लिखता था। उसने बहुत खत लिखे। पर अब नहीं लिखता। मैंने उसके खतों का जवाब नहीं दिया।"

"मिन्नी!"

"मैं जानती हूं क्या पूछना चाहती हो...मैंने खुद ही तुम्हें बताया था कि मैं जब उसे देखती थी तो मेरे कानों में चांदी की घंटियां बोलती थीं..."

"उसे देखकर तुमने मुहब्बत का पहला गीत लिखा था।"

"जो कुछ भी लिखा था, उसे देखकर लिखा था। मैं उसके बारे में सोचे बिना नहीं लिख सकती थी।"

"और अब तुम कुछ नहीं लिखती हो!"

"क्योंकि अब मैं उसके बारे में कभी नहीं सोचती।"

"पर किसी के बारे में सोचना या न सोचना क्या अपने बस में होता है? तुमने बस में कैसे कर लिया?"

"अपनी सोचों को अपने बस में करने के लिए ही तो मैंने यह सब किया है चेती! उस बेबसी से तो मैं सिर्फ उसी की हो रहती...एक तरह से हो ही गई थी...मैं उसको छोड़ और कुछ सोच ही नहीं सकती थी...यह तो अगर जग्गी मुझे रास्ता न दिखता..."

"कौन-सा रास्ता, मिन्नी?"

"यह रास्ता, जो मेरे स्वार्थ का रास्ता नहीं।"

"मुझे नहीं मालूम यह कौन-सा रास्ता है। पर जो रास्ता खुद की गरज़ का नहीं, वह किसी और की गरज़ का होगा..."

"नहीं चेती! जग्गी को अपनी कोई गरज़ नहीं। उसने जिस रास्ते पर मुझे डाला हैं, यह न मेरी गरज़ का रास्ता है न उसकी गरज़ का...यह लोगों की गरज़ का रास्ता है। और जो गरज़ सैकड़ों लोगों की गरज़ हो वह बुरी कैसे हो सकती है?"

चेतना के चेहरे पर जो कुछ उभरा, उसे हंसी तो कहा ही जा सकता है, पर उसे रोना भी कहा जा सकता है। चेतना ने पूछा :

"अब तुम सैकड़ों लोगों का क्या संवारती हो?"

"मैं तो नहीं, पर जग्गी संवारता है। वह मर्द है। सारा दिन लोग उसे घेरे रहते हैं। वह उनका दुःख-सुख सुनता हैं। पर मैं औरत हूं। ज़्यादा घर पर ही रहती हूं। फिर भी कई औरतों को पढ़ाती हूं...उनके बीमार होने पर कभी काम आ जाती हूं...कई औरतों को मैं..." मिन्नी ने चेतना के चेहरे पर एक तसल्ली लाने के लिए आगे कहा–"मैंने तुम्हें बताया था न कि लोगों ने यह भी बात बना रखी है कि शायरी का हुनर इलाही होता है। पर हम

लोग ऐसा नहीं मानते...मैं कई औरतों को नज़्म लिखना सिखाती हूं।"

"नज़्म लिखना?"

"तुकांत मिलाकर दिखाती हूं। कुछ देर बाद लोग खुद भी तुकांत मिलाने की जांच सीख जाते हैं। कुछ दिन दो-दो तुकांत मिलाते हैं, फिर चार-चार और फिर आठ-आठ मिलाने लगते हैं...।"

"पर मिन्नी, ये तुकान्त किस काम आते हैं?"

"काम क्यों नहीं आते! तुमने वह दुनिया नहीं देखी जहां रोज़ जलूस निकलते हैं, सत्याग्रह होते हैं, हड़तालें होती हैं..."

"मैं समझ गई हूं मिन्नी...जग्गी तुम्हें बहुत अच्छा लगता है?"

"पहले नहीं लगता था। जब मैं उसे देखती थी तो मन में आता था कि उससे कहीं दूर चली जाऊं।"

"फिर?"

"पर पता नहीं उसमें क्या है।"

"कुछ गोंद जैसा होगा।"

"तुम तो यह बात शायद हंसी में कह रही हो। पर उसमें सचमुच कुछ गोंद जैसा ही है। पहले उससे भागने की इच्छा होती है, मन मसोसता भी है, फिर धीरे-धीरे सब कुछ उससे चिपक गया लगता है।"

"मन भी?"

"तुम हंस रही हो चेती! पर मुहब्बत भी आदत की तरह डालनी पड़ती है।"

"सो अब तुम्हें आदत पड़ गई है?"

"अब उससे दूर भागने की बात कुछ ऐसे ही है जैसे कोई अपनी परछाईं को छोड़ने के लिए भागने लगे।"

"इसलिए अब तुमने उससे भागने का ख्याल छोड़ दिया है? वह काम क्या करता है मिन्नी?"

"मैंने तुम्हें बताया था न कि वह लोगों के कई काम सवारता है। पर जो। तुम पूछ रही हो..."

"वह बेकार है!"

"हां! बेकार है। उसे बेकार कहना ठीक नहीं, क्योंकि वह बेकार नहीं, बेकारी है।"

"मिन्नी!" चेतना ने चौंककर मिन्नी की तरफ देखा और बोली, "यह तुमने ऐसे ही कहा है जैसे कोई कहे–मैं उदास नहीं, मैं खुद उदासी हूं।"

"हां चेती! उसके बारे में यहीं कहा जा सकता है। वह प्यासा नहीं खुद प्यास है, वह भूख नहीं खुद भूख है ..."

"और मिन्नी! शायद वह बदनसीब नहीं, बदनसीबी है...यह तुमने अपने से क्या कर लिया है?"

"मालूम नहीं क्या हो गया चेती!" मिन्नी पता नहीं यह बात कहना चाहती थी या नहीं, पर बात खुद ही उसके होंठों से बाहर आ गई थी। और फिर खुद ही अपनी बात को जैसे चौंककर सुनती हुई मिन्नी बोली, "मालूम नहीं मुझमें कैसा स्वार्थ है...बैठी-बैठी ख्यालों में डूब जाती हूं, नरेश की यादों में खो जाती हूं, मैं बैठी-बैठी..."

"मिन्नी! तुम नरेश को एक खत क्यों नहीं लिखती हो कि वह तुम्हें..."

"कई खत लिखकर फाड़े हैं चेती! जब समय था लिखने का तब न लिखा, अब तो समय ही न रहा..."

"अब क्या हुआ मिन्नी? अब भी..."

"नहीं चेती! अब नहीं...कभी नहीं...कुछ दिए हुए मैंने जग्गी से विवाह कर लिया है।"

"विवाह?"

"और कोई रास्ता नहीं था...मेरे पेट में उसका बच्चा है..."

"बच्चा?"

"मैं बहुत देर...बहुत देर..." मिन्नी हथेलियों में आंखें छुपाकर रोने

लगी। चेतना मिन्नी के पास चारपाई पर आ बैठी। और उसने मिन्नी का हाथ सहलाया तो देखा कि उसका अपना हाथ कांप रहा था।

"मैं बहुत देर इस बात से बचती रही हूं चेती! तुम नहीं जानतीं मैं जग्गी से कितनी-कितनी देर गुस्से रहती थी ग़ुस्से में उसे बहुत कुछ कह जाती थी। पर उसने कभी किसी बात का बुरा नहीं मनाया था... हम तीन दिन के लिए एक गांव में गए थे, वहां उसको 'लेक्चर' देना था। वहां...वहां रात को...वह हमेशा मुझे समझाया करता था कि जिसे हम शरीर की पवित्रता कहते हैं, वह स्वार्थ होता है...मुझे सचमुच यही लगने लगा कि मैं बहुत स्वार्थी हूं...पर चेती...चेती...उसके जिस्म को छूना मुझे अच्छा लगता नहीं, एक तरह की 'रिपल्शन'..."

"ओ मिन्नी!"

"मालूम नहीं मैं किस मिट्टी की बनी हुई हूं। बाहर से मैंने सब कुछ बदल लिया है। पर मेरे अंदर से कुछ नहीं बदला...कुछ नहीं बदला... मैं ... तुम्हें सच बताऊं?...मैं किसी को नहीं बता सकती...पर तुम्हें...तुम्हें पता नहीं क्यों बता रही हूं...जग्गी ने दो भैंसें रखी हुई हैं, वह आस-पड़ोस में दूध बेचता है...मैं जब भैंसों के लिए भूसां छटकती हूं और मिलाती हूं, तो मुझे हमेशा ऐसा लगता है जैसे मैं अपने सपनों की सानी कर रही होऊं..."

"ओ मिन्नी!" चेतना ने मिन्नी के माथे से पसीने की बूंदों को इस तरह पोंछा जैसे वह उसके माथे से किस्मत का लिखा भी पोंछ देना चाहती हो।

और होनी, जो सालों से चुप साधे बैठी थी, और जो कभी मिन्नी की कापी में मुहब्बत का गीत पढ़कर गहरा सांस लेकर रह जाती थी, मिन्नी के विवाह पर सुहाग का गीत गाने बैठी तो गीत उसके होंठों में ही हिचकी बनकर रह गया था।

इस समय चेतना और मिन्नी जिस हवा में सांस ले रही थीं, उन्हें लगा कि उस हवा में किसी की हिचकी मिली हुई थी।

"पर नहीं चेती!" मिन्नी गहरा सांस लेकर बोली, "अब मेरा इस धरती से नाता जुड़ गया है। लोग कहते हैं कि इन्सान का उस धरती से रिश्ता होता है, जहां उसके लिए मिट्टी और गारे का एक घर हो, सहन में एक दुधारू गाय, आंगन में बालक हो...और...और उस धरती पर उसके

नातियों और पुरखों की कबर हो...देख लें! सब बातें पूरी हो गई हैं। मुझे घर भी मिल गया है, सामने दो भैंसें बंधी हैं, एक बालक मेरी कोख में है...और...और एक कबर मेरी छाती में बनी हुई है..."

"ओ मिन्नी!"

दस

एक दिन चेतना को डाक में एक खत मिला। लिखा था : "प्रिय चेती! यह खत लिखते-लिखते मुझे पांच साल हो आए हैं। एक बार अखबार में एक खबर छपी थी कि डाक-विभाग की गलती से खत 'डैड-लैटर्ज़' के खाने में चला गया। दस साल बीत गए। उस खाने की फिर खबर ली गई तो वह खत निकल आया। न उसका पता कटा था और न ही लाल स्याही से उसपर कोई हिदायत ही लिखी गई थी। किसी ने फिर उसे खत को डाक में डाल दिया। इससे भी अजीब बात यह हुई कि जिसके पते पर यह खत लिखा गया था–वह पता अब भी ठीक था जिससे वह खत सही-सलामत पहुंच गया। इस तरह उस खत के पोस्ट होने और पहुंचने में दस साल लग गए। मेरा यह खत पढ़ने लगी तो तुम भी यह सोच लेना कि डाकखाने की गलती की तरह किस्मत से भी एक गलती हो गई। मेरा यह खत मेरे दिल के 'डैड-लैटर्ज़' के खाने में रखा रहा। आज पांच साल बाद मैंने अपने मन में नज़र दौड़ाई है। ...अगर कहीं यह खत पढ़कर मुझे मिलने के लिए आ सको..."

चेतना ने खत पढ़ा। नीचे किसी का नाम नहीं लिखा था। उसने खत को दोनों तरफ से ध्यान से देखा। लिफाफे पर लगी मोहर से वह शहर का नाम पढ़ने की कोशिश कर रही थी कि लिफाफे के दूसरी तरफ के अक्षरों पर उसकी नज़र पड़ी। चम्पा ने अपना नाम और पता लिफाफे के पीछे लिखा था। पता दिल्ली का ही था–किसी स्कूल का स्टाफ-क्वार्टर था।

चेतना उस शाम खाली थी। चेतना जब जाने के लिए तैयार हुई तो उसके सामने सुमेर का हाथ आ गया। जिस हाथ से एक दिन सुमेर ने 'साबे' रंग में खुदे हुए अपने नाम को मिटा देने के लिए तेज़ाब छिड़क लिया था। उसे लगा जैसे सुमेर कह रहा हो : 'अगर मैं अपने हाथ से अपना लिखा हुआ नाम बेरहमी से मिटा सकता हूं, तो अपने दिल पर लिखा हुआ एक बेगाना नाम क्यों नहीं मिटा सकता?"

यह नाम चम्पा का था। चेतना ने सोचा कि इस नाम को अपने दिल से मिटाने के लिए जाने सुमेर को कितने तेज़ाब लगाने पड़े होंगे, और उसे जाने कितना दर्द सहना पड़ा होगा...जाने के लिए तैयार हो रही चेतना के हाथ शिथिल पड़ गए।

और फिर चेतना को सुमेर के हाथ का वह काला दाग दिखाई देने लगा, जिसे तेज़ाब छोड़ गया था। नाम मिट गया था–पर दाग हमेशा के लिए पीछे छूट गया था। चेतना ने सोचा कि इसी तरह शायद सुमेर के दिल पर भी चम्पा के नाम का एक दाग हमेशा के लिए छूट गया हो। सुमेर के हाथ का दाग और उसके दिल का दाग चेतना की आंखों के सामने छा गया...शायद वह पनिया गया था...शायद उसमें से टीस उठ रही थी...

रोग जब करवट लेते हैं तो डर लगता है। घातक भी साबित हो सकते हैं और फूटकर दवा भी बन सकते हैं। चेतना को भी एक तरह का डर लगा। उसे लगा कि जितनी और जो शंका न जाने में थी, उतनी जाने में नहीं थी। शंकित मन लिए वह चम्पा को मिलने चल दी।

स्कूल शहर की बारौनक आबादी में था। पर उसका अहाता इतना बड़ा था और उसके पीछे स्टाफ के लिए बने हुए छोटे-छोटे घर पेड़ों में इस तरह घिरे हुए थे कि वे दिल्ली शहर का हिस्सा नहीं लगते थे। चेतना ने चम्पा का क्वार्टर खोलकर दरवाज़े पर दस्तक दी तो दरवाज़ा खोलकर चम्पा चौंककर रह गई। चेतना को बेशक उसने ख़त लिखकर खुद बुलाया था, पर उसने यह नहीं सोचा था कि वह आज ही चली आएगी। वह चेतना की तरफ इस तरह देख रही थी जैसे यह मुलाकात अचानक हो गई हो।

"चम्पी!" चेतना ने खामोशी तोड़ते हुए. कहा। उसने देखा कि चम्पा इस तरह चुपियाई खड़ी थी जैसे उसने अपनी जीभ दांतों में दबा ली हो।

चेतना का हाथ पकड़कर चम्पा उसे कमरे में लाकर उसका चेहरा इस तरह ताकने लगी जैसे बोलने के लिए चेतना से वह ताकत उधार मांग रही हो। चेतना ने आंखों में पुरानी पहचान रखकर कहा :

"बड़ी दुबली हो गई हो?"

"बीमार रही हूं।"

"कब से?"

"बीमार तो बड़े दिनों से थी–पर डाक्टर के यहां जाते हुए छः महीने हो गए हैं।"

"छ: महीने हो गए हैं?"

"अब तो ठीक हूं...काफी ठीक हूं। कुछ महीने और डाक्टर की ज़रूरत पड़ेगी। फिर..."

"वैसे चाहे दुबली हो गई हो, पर ख़ूबसूरत पहले से भी ज़्यादा दिखती हो।" चेतना ने हंसकर कहा।

दिल के जिस भरोसे से चेतना को चम्पा ने खत लिखा था, चेतना का अचानक देखकर वह भरोसा डोल गया था। पर चेतना की दुलार-सी हंसी ने वह भरोसा चम्पा को फिर लौटा दिया। चम्पा ने चेतना का हाथ अपने हाथों में कस लिया।

"चेती!"

"हां!"

"कितनी देर यहां बैठ रही हो?"

"जितनी देर तुम चाहो।" चेतना कहकर कमरे में बिछे हुए पलंग पर बैठ गई।

"चाय पियोगी?"

"पिऊंगी।"

"मैं हीटर पर पानी रख आऊं। एक मिनट में आती हूं।"

"मैं भी तुम्हारे साथ रसोई में ही चलती हूं।"

"चलो आओ।"

छोटा-सा क्वार्टर था–एक कमरे का! पीछे की ओर रसोई और गुसलखाना था, एक छोटा-सा बरामदा और एक छोटा-सा बगीचा। चेतना जब चम्पा का क्वार्टर खोज रही थी तो उसने दो कमरों के क्वार्टर भी देखे थे। उन्हें देखकर उसने सोचा था कि ये क्वार्टर स्टाफ के उन मेंबरों के लिए होंगे जो

परिवार सहित रहते थे। एक कमरे के क्वार्टर अविवाहितों के लिए थे। इसलिए रसोई में चाय बना रही चम्पा को चेतना ने मज़ाक में कहा :

"चम्पा! तुम्हें दो कमरों का क्वार्टर कब मिलेगा?"

"शायद कभी नहीं।" चम्पा ने जवाब दिया। चम्पा ने चेतना का मज़ाक भांप लिया था जिससे जवाब देते समय उसका रंग शर्म से लला गया था।

चम्पा ने चाय बनाकर प्यालों को एक ट्रे में रख लिया और चेतना को लेकर कमरे में चली आई।

"आजकल मैं अपना आपरेशन खुद ही कर रही हूं।" चाय की घूंट लेती हुई चम्पा बोली।

"डाक्टर भी खुद और मरीज़ भी खुद?" चेतना हंसकर बोली।

"पहले डाक्टर की सहायता से करती थी। अब कुछ हद तक खुद भी कर लेती हूं। डाक्टर अब भी कई बार सहायता करता है...पर अब"

"चम्पा!"

"मैं सचमुच बहुत बीमार थी, डाक्टर के शब्दों में बीमार थी, लोगों के शब्दों में 'गुनहगार' थी...तुम्हारी नज़र में मैं क्या थी चेती?"

"इतने साल तुम मुझे दिखाई ही नहीं दी हो। मैं क्या कह सकती हूं?"

"कुछ तो तुमने सोचा होगा?"

"सोचती थी...पर समझ नहीं पाती थी...इसलिए सोचना छोड़ दिया...।"

"खत लिखते समय..."

"क्या कहने चली थीं चम्पा? तुम्हारा खत बहुत प्यारा था।"

"सोचा था, शायद तुम न आओ।"

"न आने का भी सोचा था। पर बिना आए रहा न गया।"

"तुम मुझसे बहुत नाराज़ हो, चेती?"

"नाराज़ नहीं, चम्पा!...सोचती थी, तुम्हें इतने साल मेरी ज़रूरत नहीं पड़ी फिर अब..."

"तुम्हारी ज़रूरत. ..या किसी और कि ज़रूरत...मुझे थी या नहीं ...आदमी अपने-आपको इतना कब जानता है चेती कि वह जान पाए उसे किसी की कितनी ज़रूरत है...कई बार तो उसे खुद ही अपनी ज़रूरत नहीं रहती।"

"यह बात तो मानती हूं, चम्पा।"

"जानती हो तुम्हें क्यों बुलाया है? नहीं तो, मिलने के लिए मुझे चाहिए था कि खुद आती।"

"खुद चली आने और मुझे यहां बुला लेने में कोई फर्क नहीं, चम्पा।"

"एक फर्क है चेती! मैं अपना आपरेशन एक दिन तुम्हारे सामने कराना चाहती थी, तुम्हें पास बिठाकर। उसके लिए मैं यहां अपने कमरे में ही बैठ सकती थी। तुम्हारे कमरे में बैठकर मैं इतना पराया-सा महसूस करती कि शायद मुझसे बोला ही न जाता। इसी से खुद न आकर मैंने तुम्हें यहां बुला लिया।"

"चम्पा!"

"आज से कुछ महीने पहले मैं अपनी बीमारी की बात नहीं कर सकती थी।...साल पहले तो मैं यह मानने को भी तैयार नहीं थी कि मैं बीमार भी हूं...केवल अब...अब कुछ दिनों से मैं इतनी तगड़ी हो गई हूं कि अपने घावों को अपने हाथों खोलकर अपने हाथों पोंछ भी सकती हूं।"

"मैं सचमुच हैरान हूं, चम्पी! आते हुए मैंने यह बिलकुल नहीं सोचा था कि तुम मुझसे इस तरह बातें करोगी।"

चेतना ने साधारण-सा वाक्य कहा था। पर चेतना भी जानती थी और चम्पा भी कि इस वाक्य में चेतना की आत्मीयता साधारण नहीं थी। चम्पा की आंखें छलक आईं।

"नहीं चम्पी! नहीं!"

"फिकर न करो चेती! अब नहीं रोऊंगी। कुछ दिन मेरी आंखों में पानी की बाढ़ भी आई थी, ज़िंदगी के सारे किनारे उस बाढ़ में डूबते दीखते थे... बाहर शायद किनारों का अस्तित्व होता ही नहीं!...मैंने अपने ही दिल के किनारे को थाम लिया...या यूं कहूं कि किसी ने पतवार देकर मुझे दिल का किनारा दिखा दिया...यह मेरा डाक्टर बहुत सयाना है चेती! बड़ा अच्छा!"

"साईकियाटरिस्ट है?"

"हां चेती! मेरा बचपन बड़ी रोकों और मोहताजी में गुज़रा था...एक बार धागा उलझा तो बस उलझता ही गया. ..तुम्हें एक बात बताऊं? मैं पांच साल की ही थी, जब मेरे पिताजी की मृत्यु हो गई थी।"

"पर तुम्हारे पिता तो अमृतसर में कपड़े के व्यापारी थे! तुम जब दसवीं का इम्तिहान दे रही थीं...।"

"वे वास्तव में मेरे चाचा हैं चेती। एक तरह से पिता भी हैं...मेरी मां ने उनसे विवाह कर लिया था। अमृतसर में हमारा घर बड़ी संकरी गली में है। घर तिमंज़िला था, पर छोटे कमरे अंध-कूपी जैसे थे। बाप-दादों का घर था, इसलिए उसे कोई छोड़ना भी नहीं चाहता था। वहां मैं खुलकर सांस लेने के लिए भी तरसती थी।...फूल-पौधों से जाने मुझे शुरू से ही क्या लगाव है... जहां कहीं भी हरियाया पत्ता देखती, उसे छू-छूकर बावरी हो जाती थी...हरा पौधा हो, बेशक ढाक का ही हो...अपने बाप का मुझे कुछ भी याद नहीं, उसका तो चेहरा भी नहीं जानती। पर मेरे चाचा जाने क्यों मुझपर इतनी सख्ती करते थे...न मुझे किसी सहेली के घर जाने देते, न किसी सहेली को अपने घर आने देते।...मैं लुक-छिपकर अपने घर की छत पर चली जाती थी। वे तो छत पर भी नहीं जाने देते थे। पड़ोसियों की छतें आपस में जुड़वां थीं। दायीं ओर पड़ोसियों की मुंडेर थी और बायीं ओर भी पड़ोसियों की मुंडेर थी, और उसके साथ पीठ-लगते घरवालों की मुंडेर। बरसात के दिनों में मुंडेर की दरारों में हरी-हरी काई उग आती थी।...मैं अपनी मुंडेर पर खड़ी होकर उस उगी हुई काई को देखती रहती। वह हरी-हरी काई मुझे घास के बिछौने-सी दिखाई देती...।"

"मुझे नहीं मालूम था चम्पा कि तुम्हारा बचपन..."

"आखिर मां ने कह-सुनकर मुझे दिल्ली पढ़ने भिजवा दिया। पढ़ तो मैं वहां भी सकती थी, पर घर में मैं खुश नहीं रहती थी। मां ने दिल्ली के बहाने मुझे घर से छुटकारा दिला दिया...तुम्हें अपनी बहुत बहकी हुई बातें बता रही हूं ना?...पीतल के बर्तन में दही ज़्यादा देर रखा रहे तो हरास जाता है। मैं मचलकर मां से कहा करती थी : देख तो मां! दही में काई उग आई है।"

चेतना ने प्यार से एक बार चम्पा को अपनी बांहों में कस लिया। चम्पा का पिघला हुआ दिल छलक आया, "बेटियां अपने बाप से सौ तरह से दुलार

करती हैं, छोटी-छोटी बात पर रूठ बैठती हैं, चीज़ों के लिए ज़िद ठान बैठती हैं। रूठना तो एक तरफ रहा, चाचाजी को खुश करने के लिए मैं कभी उनके रूमाल धोती, तो कभी पालिश करती..." चम्पा ने छलके हुए मन को एक गहरा सांस लेकर जैसे रोका और बोली, "पर मैं उनकी ज़िन्दगी में 'अनावश्यक' बनी रही! बस यही चेती! अपने 'अनावश्यक' होने का अहसास बढ़ता गया। पढ़ने के लिए यहां दिल्ली आई तो आगे स्कूल की प्रिंसिपल भी मुझे ऐसी मिली..."

"मिस डारथी?"

"तुम तो जानती ही हो चेती कि मिस डारथी स्कूल का 'हाल' बनाने के किस तरह उतारू हो गई थी। वह सिर्फ उन लड़कियों से हंसकर बात करती थी जिनके मां-बाप हाल-कमरे के लिए हज़ार-बारह सौ रुपया दान देते थे। मुझे उसने कई बार चेतावनी दी थी। पर मैं चाचाजी पर इतना भार कैसे रख सकती थी? मुझसे वह बुरी तरह चिढ़ गई...और मेरा हाल यह था कि उसकी सूरत देखते ही मैं सहम जाती थी। जिस दिन सुबह-सुबह मैं उसे देख लेती उस दिन जमात में बैठी क्या पढ़ रही हूं, कुछ पता नहीं होता था। और जब कभी वह क्लास लेती थी, मुझे पहले का पढ़ा भी भूल जाता था..."

"मिस डारथी का रवैया मुझे अच्छी तरह याद है चम्पा! तुम्हें याद होगा, एक बार किसी कंपनी ने एक 'कोल्ड-ड्रिंक' शुरू किया था और अपनी मशहूरी के लिए उसने स्कूल और कालेजों के स्टुडेंट्स में 'ड्रिंक' बांटा था। दूसरे दिन प्रिंसिपल ने लड़कियों से पैसे वसूल कर लिए थे। और हम सब लड़कियों ने मिलकर उसके नाम की एक 'कव्वाली' भी तो बनाई थी!'

"मैं भी शायद उसकी हरकतों पर दूसरी लड़कियों की तरह हंस सकती। पर चेती! मेरा मन पहले ही भरा हुआ था। रिसे हुए घाव की तरह मैं छोटी-छोटी बातों पर ही दुख जाती थी। तुम्हें याद होगा, एक बार दशहरे की छुट्टियों में स्कूल का 'ट्रिप' गया था। हम ग्वालियर में बिस्कुट और चाकलेट बनाते हुए देखने गए तो कंपनीवालों ने हम सब लड़कियों के लिए प्रिंसिपल को चाकलेट दिए थे। लड़कियों में चाकलेट बांटती हुई वह लड़कियों की तरफ ऐसे मुंह बनाकर देख रही थी, जैसे गली में से भिखारिनें आ गई हों जिन्हें वह खैरात बांट रही हो। मैंने उसके हाथ से चाकलेट नहीं लिया था... और फिर..."

"फिर चम्पा?"

"अब मैं हंस सकती हूं चेती! पर उस समय वह बात मेरे लिए बहुत बड़ी थी। उस रात जब मैं सोई तो मुझे सपना आया कि मैं एक जहाज़ में बैठी हुई हूं। फिर क्या देखती हूं कि वह जहाज़ स्टील का नहीं बना हुआ था, बल्कि 'चाकलेट का बना था...मुझे चाकलेट की 'फ्लेवर' बहुत अच्छी लगती है...मैं बौराई होकर जहाज़ की दीवारें सूंघती रही, हाथ से छू-छूकर देखती रही...और फिर जाने कहां से जहाज़ का कप्तान वहां आ गया... ।"

"तुम्हारा सपनों का शहज़ादा?"

चम्पा की आंखें लजाकर चेतना के चेहरे पर टिक गईं और फिर वह आंखें दूसरी तरफ घुमाकर बोली, "मैं डर गई। सोचा, जाने कप्तान मुझे क्या कहे।"

"तुम्हें मिस डारथी का ख्याल आ गया होगा। पर वह कप्तान तो तुम्हारे सपनों ने तुम्हारे सारे अभावों को पूरा करने के लिए ही गढ़ा था।"

"हां' चेती! उस कप्तान ने सपने में आकर मुझे चाकलेट के ढेरों टुकड़े दिए, बड़े-बड़े टुकड़े। वह जहाज़ की जिस दीवार को हाथ से छूता था, चाकलेट का एक बड़ा टुकड़ा उसके हाथ में आ रहता था जिन्हें वह मुझे दिए जाता।...चेती!"

"हां!"

"तुम्हें याद है? जब तुम्हारे भाई का जन्म दिन था..."

"सुमेर का जन्म-दिन?"

"हां!"

"मुझे याद है चम्पी!"

"उस दिन उसने गिटार बजाया था।"

"उस दिन सुमेर ने तुम्हारी तरफ देखकर एक गीत गाया था, 'यू आर माई थीम फार ए ड्रीम..."

"और उस दिन..."

"उसने यह भी गया था, 'यू आर द ओनली वन'।"

“हां चेती! और फिर अगला गीत गाते समय उसने गिटार एक तरफ रख दिया था।”

“हां हम सबों ने उसे ‘स्वीट सिक्सटीन’ गाने के लिए कहा था। पर उसे मालूम था कि तुम अभी सोलह साल से क्रम थीं। उसने कहा था कि वह यह गीत नहीं गाएगा, क्योंकि ‘सम वन इज़ नाट येट सिक्सटीन’।”

“हम उसके बाद भी कई बार मिले। एक दिन उसने मुझसे पूछा कि मुझे कौन-से आदमी अच्छे लगते हैं। मेरे मुख से स्वाभाविक ही निकला, ‘मुझे जहाज़ों के कप्तान अच्छे लगते हैं।’ ”

“यह मुझे मालूम है। सुमेर ‘डफरिन’ का कोर्स करने के लिए बंबई चला गया था, सिर्फ इसलिए कि तुम्हें जहाज़ के कप्तान अच्छे लगते थे। पर मुझे तुम्हारे सपने वाली इस बात का पता नहीं था...”

“मेरी ज़िंदगी में यह पहला अवसर था कि मैं किसी को भायी थी। पहली बार उस गीत को सुनकर मुझे लगा था कि इस दुनिया में मेरा भी कुछ महत्त्व था...मेरा भी कोई स्थान था...और जब मेरी बात पर सुमेर ने जहाज़ का कप्तान बनने का फैसला कर लिया तो मैंने पहली बार अपनी ‘सामर्थ्य’ का ‘गर्व’ अनुभव किया।

“पर चम्पा!”

“बता रही हूं चेती! सब मेरे लिए ‘हैल्दी’ साबित होना चाहिए था...पर एक ‘कम्पलैक्स’ मुझमें कहीं गहरे पैठ गया था, ‘इनफीरियरटी कम्पलैक्स’। मुझे याद है। हमारे होस्टल में एक लड़की थी जिसका नाम ‘तेजी’ था। मुझसे वह मुश्किल से एक-डेढ़ साल बड़ी रही होगी। पर देखने में वह खूब लंबी और तगड़ी थी। स्वाभाव से भी टेढ़ी थी। उसके बाल बहुत लंबे थे। वह मुझे ‘कंघी’ देकर कुर्सी पर बैठ जाती और मुझे बाल बैठा देने के लिए कहती। उसके बालों में कंघी करते-करते मेरी उंगलियां अकड़ जातीं, परउसकी बात काटने का साहस मुझमें नहीं था। मन ही मन में मैं कुढ़ती रहती। एक दिन मैंने कैंची से सो रही तेजी के बाल काट दिए। आज तक इस बात को कोई नहीं जानता। अब जाकर कहीं मैंने यह बात अपने डाक्टर को बताई।...तेजी उस समय खूब रोई और तड़पी। मैंने उसके कटे हुए बालों को स्कूल की बाहर वाली दीवार के ऊपर से ऐसी जगह फेंक दिया था, जहां से वह खोजने पर भी न मिलें। बालों

से मेरा छुटकारा हो गया।...यह सब बातें तुम्हें बतां रही हूं चेती, क्योंकि ये सब बातें मेरे रुग्ण मन की निशानियां थीं। अगर मुझमें बल होता तो मैं बाल क्यों काटती। मैं सीधी तरह बाल बनाने से इनकार कर देती।"

"हां चम्पा! मैं समझती हूं..."

"इस तरह मैं प्रिंसिपल से भी कुछ नहीं कह सकती थी पर उन दिनों मुझे एक सपना आया करता था। सपने में मैं देखा करती कि स्कूल के हाल कमरे में एक कुतिया सोई हुई है। उसके आसपास कितने ही छोटे-छोटे पिल्ले होते। वह पिल्लों को चाटती रहती। मैं वहां से गुज़रती तो वह ज़ोर-ज़ोर से भौंकना शुरू कर देती और मुझे काटने के लिए दरवाज़े की तरफ दौड़ती...अक्सर अपनी ही चीत्कार से मैं नींद से उठ बैठती..."

"अब यह सब तुम्हें डाक्टर ने समझाया होगा। पर इतने साल तुम्हारे मन की क्या दशा रही होगी।"

"हां चेती! अब तो इस तरह मैं अपने मन में झांक सकती हूं। पर वे दिन मेरे लिए भयावने थे। सबों से 'प्रतिशोध' लेने का मन होता। पर मैं कुछ न कर पाती। प्रिंसिपल माली से जो भी पौधा लगवाती, मैं अंधेरे-सबेरे उठकर कभी उस पौधे की कोई टहनी ऐंठ देती, कभी उस पौधे के फूल मुचक देती... अपने गिर्द की चीज़ें मुझे अपने से वैर ठाने लगतीं–जिससे मैंने हर चीज़ से वैर...छुट्टियों में घर जाती तो भी यही अनुभव होता, छुट्टियां खत्म होने पर स्कूल लौटती तो भी यही लगता। स्कूल छोड़कर कालेज में आई तो भी यही महसूस होता रहा...बड़ी लड़कियां नई लड़कियों से रैगिंग करती ही हैं, पर मेरे लिए वह भी 'ज़्यादती' थी। कालेज में पहले दिन जब खाने का समय हुआ तो बड़ी लड़कियों ने हमें बनाने के लिए सब्ज़ी की सारी प्लेटें खाली कर दीं। नई आई लड़कियों में से कुछेक ने तो थोड़ा-बहुत छीन-झपटकर मुंह जुठा लिया, पर मैं मुंह ताकती बैठी रही। आखिर जब एक रोटी रह गई, वह भी जली हुई, तो एक लड़की मुझसे बोली, 'कम आन! हैव ए हैंडसम हसबैंड!' यह कहकर उसने वह जली हुई रोटी उठाकर मेरे सामने रख दी। भूख से पेट दुहरा हो चला था। पर गुस्से में आकर मैंने वह रोटी उस लड़की के आगे फेंकते हुए कहा, 'इफ आई विल हैव, यू बिल लूज हिम–'...और इस तरह मेरे मन में प्रतिशोध का 'भाव' जाने कितना गहराता गया..."

"पर चम्पा!"

"मैं जानती हूं चेती, तुम क्या कहने चली हो। तुम्हारा कहना ठीक है... पर मैं तुम्हें अपने मन की हालत बता रही हूं...सुमेर का कहीं ज़रा भी दोष नहीं...पर मेरे मन की हालत इस तरह थी जैसे कोई एक फिल्म पर दो तस्वीरें उतार ले और वह 'डबल ऐक्सपोज़्ज़' हो रहे। कोई एक चेहरा अलगाकर सामने नहीं आता। अगर एक तस्वीर का सिर दिखाई देता था, तो उसके साथ दूसरी तस्वीर का हाथ जुड़ जाता था...सुमेर ने पहली बार मुझे अपनी 'सामर्थ्य' का 'बोध' कराया था, और मैं इस 'सामर्थ्य' को आज़मा-आज़माकर देखने लगी। मैं सुमेर से जों कुछ भी कहती, वह मान लेता था जिससे मुझे अपनी 'सामर्थ्य' का 'गर्व' होने लगा।...वास्तव में यह 'सामर्थ्य' मेरे मन ने 'अर्जित' नहीं की थी, ओढ़ी थी। मन में शायद मुझे इस पर विश्वास नहीं था, जिससे मैं इसे बार-बार आज़माने लगी...सुमेर इसे आज़माने का 'साधन' बन गया।...और चेती!"

"हां चम्पा!"

"जब 'सामर्थ्य' सच्ची न हो, तो इसे आज़माने के लिए किसी साधन की हमेशा ज़रूरत रहती है।"

"हां चम्पा! मैं समझ सकती हूं।"

"फिर एक साधन से मन नहीं भरता...मन को भरमाने के लिए नित-नये साधन की ज़रूरत पड़ती है...जिस चीज़ को जीत लिया, उसका फिर से क्या जीतना...फिर..."

चम्पा की आंखें अब आंसुओं से भीग गईं और वह दीवार से पीठ टेककर बैठ गई। चेतना में बचपन से ही कुछ ऐसा था जो उसकी आयु से बड़ा था, और हमेशा उसकी आयु से बड़ा बना रहता था। शायद यह ममत्व था। चम्पा को देखकर उसका मन 'द्रवित' हो आया और चेतना ने चम्पा का सिर अपनी 'झोली' में रख लिया और दुलार से बोली, "मैं तुम्हारे लिए चाय का एक गर्म प्याला बना लाती हूं।"

"मुझे पता था, सच मुझे पता था..." चम्पा ने भरे हुए मन से कहा, "अगर मैं यह सब अपनी मां से भी बताती तो वह मुझे इतना न समझती, जितना तुम..." और चेतना का भरा हुआ मन उसके गले में अटक गया उससे बोला न गया।

चेतना ने चाय बनाकर प्याले धोए और एक प्याला चम्पा को देकर दूसरे प्याले में अपने लिए चाय बनाने लगी।

"मन में और कुछ नहीं था, पर जब किसी का ध्यान मेरी ओर खिंच जाता, तो मुझे एक अजीब तरह का संतोष होता था...होस्टल में रहने से लड़कियों के भाइयों के साथ अक्सर मुलाकात हो जाती थी...इतना ही नहीं चेती! जब किसी का ध्यान मेरी ओर अधिक खिंच जाता, तो मैं उसकी तरफ से लापरवाह हो जाती थी, जिससे उसे दुःख पहुंचता। और जितना ही कोई अधिक दुखी होता, मुझे उतनी ही अधिक तसल्ली मिलती थी।"

"ऐक्सरसाईज़ आफ पावर।"

"मालूम नहीं, पिता के प्यार के लिए तरसे हुए मन का यह कैसा 'प्रतिशोध' था! एक ठुकराया हुआ मन, दूसरों को ठुकराकर जाने क्या प्राप्त करता था! अन्त में इससे भी तसल्ली नहीं होती। इसका किनारा कहीं नहीं दिखाई देता था चेती!"

"इसका किनारा शायद कहीं होता ही नहीं।"

"और इन अनचाहे पानियों में ऊबता-डूबता आदमी हांफ जाता है... मैं अपने-आपसे धीरे-धीरे ऊब गई।...पहले जो तसल्ली-सी मिलती थी, मुझे उससे भी चिढ़ होने लगी...यह बीमारी, जो पहले सिर्फ मेरे मन में थी, मेरी देह में आ गई। सिर में तीख़ा दर्द, गर्दन में दर्द...हर समय कुछ तोड़ डालने का मन होता। यह तोड़-फोड़ पहले आसपास की चीज़ों पर होती है, अंत में यह अपने-आप पर पहुंच जाती है...चीज़ों की तरह ही किसी के मन को तोड़ना बहुत अच्छा लगता था, पर फिर मैं उससे भी ऊब गई। दिल में 'सुसाईड' इतना समा गया..."

"चम्पा! उन दिनों तुम मुझे क्यों न मिलीं? मुझे नहीं तो सुमेर को मिल सकती थीं।"

"मन जब इतना उलझा हुआ हो चेती, तो रास्ते खोज पाने की बात अनहोनी दीखती है...तब कोई भी नहीं भाता, दोस्त भी कोई नहीं दिखता, बल्कि यह लगता है कि सब शर्मिंदा करेंगे।"

"हां चम्पा! दोस्त भी इसके काबिल कम ही होते हैं। किसी के लिए

समझना कठिन होता है, समझाना बहुत आसान होता है..."

"तुमने मेरे बारे में जाने कितनी बातें सुनी होंगी..."

"हां। सुनी थीं!"

"पर सारी बातों में सचाई सिर्फ इतनी ही थी कि..."

"मैं समझ सकती हूं चम्पा। अब कुछ मत कहो। तुम्हें दुःख होगा।"

"मैं बस किसी न किसी का ध्यान अपनी ओर खींचती थी, मैं..."

"वह बात जाने दो चम्पा! अगर अब तुम्हारा मन इतना सुलझ गया है तो..."

"आज मुझे चैन मिल गया है चेती! बस, एक बार तुमसे सब बातें कर लेना चाहती थी। कई दिनों से सोच रही थी। खत लिखती थी, फाड़ देती थी, फिर लिखती थी, फिर..."

"सिर्फ, मुझे? सुमेर को नहीं?"

सुमेर को मैंने बड़े खत लिखे हैं। एक दिन में जाने कितने खत लिखती हूं। पर वे सारे खत मैं सिर्फ होंठों पर लिखती हूं, कागज़ पर नहीं लिख सकती..."

"आज उसे एक ख़त कागज़ पर भी लिख दो न?"

"चेती!"

"हां!"

"अगर उसने मेरा खत न पढ़ा तो?"

"यह कैसे हो सकता है?"

"वह..."

"वह तुम्हें प्यार करता है चम्पी!"

"सच बताओ चेती। वह मुझे नफरत नहीं करता?"

"नफरत शायद करता है। पर नफरत मुहब्बत का ही उल्टा पासा होती है।"

"और अगर यह पासा कभी न पलटा तो?"

"तुम उस पर 'सामर्थ्य' आज़माया करती थीं।"

"पर वह सच्ची सामर्थ्य नहीं थीं।"

"पर अब तुमने 'सामर्थ्य पा ली है।"

सच्ची 'सामर्थ्य' से दर्द को झेला जा सकता है, उसे कहा नहीं जा सकता।"

चेतना कुछ न बोली। उसने सिर्फ एक सांस लिया। चम्पा ने जैसे एक 'डूब' में चेतना का हाथ पकड़ा, और बोली, "उसकी कोई बात तो सुनाओ मुझे।"

"मैं उसकी क्या सुनाऊं चम्पी? वह जैसे सबसे टूट गया है...मुझसे भी मां से भी। खत भी भूले-चूके ही लिखता है। अब वह फुल-कैप्टन है। ज़्यादा सफर में हीं रहता है।"

"अब शायद उसकी जिदगी में..."

"इस तरह का मैंने कुछ नहीं सुना, पर मुझे लगता है कि जो कुछ कभी वह किसी लड़की को दे सकता था, अब शायद वह किसीको नहीं दे सकता।" चेतना ने फिर जैसे चौंककर चम्पा की तरफ देखा और बोली, "मैं तुम्हारी बात नहीं करती चम्पा! शायद तुम्हें वह अब भी सब कुछ लौटा सकता हो, जो कभी उसने देना चाहा था, शायद ..."

"मैं जानती हूं।"

"घर जाकर उसने क्या कहा था?"

"मुझे याद है। सुमेर जब घर आया था तो मैं रसोई में बैठी प्याज़ छील रही थी। सुमेर ने फलों की टोकरी से एक सेब लेकर मेरे हाथ से छुरी ले ली और एक फांक मेरे मुंह में डालकर हंसने लगा। मुझे सेब में से प्याज़ की बू आई तो सुमेर ने मुझे बताया कि आज उसने भी एक सेब खाया था, जिसमें से उसे प्याज़ की बू आई थी।"

चम्पा के गालों पर आंसू दमक आए।

"उस दिन..."

"सब कुछ बता दो चेती। मेरे दुर्योग का सब कुछ बता दो।"

"तुम्हें शायद याद होगा। उसके बायें हाथ पर उसका नाम गुदा हुआ था।"

"हा।"

"उसने तेज़ाब छिड़ककर अपनी कलाई से अपना नाम मिटा दिया और बोला कि अगर वह अपनी कलाई पर गुदा हुआ अपना नाम बेरहमी से मिटा सकता था, तो अपने मन पर गुदा हुआ एक बेगाना नाम क्यों नहीं मिटा सकता..."

"मेरा नाम..." चम्पा सिसकने लगी।

"पर तुम एक बात भूलती हो चम्पी कि 'सावे' अक्षरों में गुदा हुआ नाम तो तेज़ाब छिड़ककर मिटाया जा सकता है, पर उसकी जगह जो दाग छूटा रह जाता है...उसे कोई किस तरह मिटा सकता है!"

"पर अब मैं सिर्फ एक दाग हूं चेती। दाग ही सही...मुझे दाग बनाकर ही वह अगर अपने मन में कहीं..."

"पर तुम उसे खत क्यों नहीं लिखती हो?"

"मैं वह कागज़ कहां से लाऊं चेती, जिस पर यह खत लिखा जा सकता है..." चम्पा ने बिलखकर चेतना का हाथ अपने माथे पर रख लिया और बोली, "तुम मेरा कागज़ बन जाओ चेती! मेरे एक-एक अक्षर को आंक लो...मेरा यह खत कहीं उसे पहुंचा दो...मेरी बदनसीबी का खत..."

ग्यारह

चेतना और उसकी मां ने पिछला सारा साल, और उससे भी पिछला आधा साल बम्बई में सुमेर के पास बिताया। डेढ़ साल के बाद उन्होंने दिल्ली आकर अपना घर खोला। दिल्ली उन्हें बहुत दिन नहीं रहना था, जल्दी ही सुमेर के पास बम्बई लौट जाना था। सिर्फ उतने दिन रहना था, जितने दिन उन्हें अपना दिल्ली का मकान बेचने में लगने थे। डेढ़ साल से बन्द मकान की झाड़-पोंछ में ही चार-पांच दिन बीत गए थे। आज चेतना को कुछ फुर्सत मिली तो वह छत पर धूप में अखबार लेकर बैठ गई।

अखबार के तीसरे पृष्ठ पर शहर में लगी हुई किसी चित्र-प्रदर्शनी का ज़िकर था। इस ज़िकर में प्रदर्शनी के दो विशेष चित्रों के दो छोटे-छोटे फोटोग्राफ भी थे। चेतना को अच्छे लगे। उसे आज शाम को प्रदर्शनी में हो आने की इच्छा हुई। वह चित्रों के विषय में ध्यान से पढ़ने लगी। पढ़ते-पढ़ते चेतना चौंक उठी। लिखा था कि वह प्रदर्शनी किसी औरत के चित्रों की थी। मिस चम्पा मदान के चित्रों की।

चेतना जब से दिल्ली आई थी, चम्पा को मिलने की सोच रही थी। पर मकान को झाड़ने-बुहारने से समय नहीं मिला था। अखबार में किसी मिस चम्पा मदान का नाम पढ़कर उसे अपनी सहेली चम्पा की याद ने छा लिया। एक सिहरन बनकर एक पल के लिए उसे यह ख्याल भी आया कि कहीं यह चम्पा मदान उसी की सहेली चम्पा तो नहीं? पर उसने कभी चम्पा को पेंट करते हुए नहीं देखा था। यह संभव नहीं दिखता था कि चम्पा ने अचानक पेंट करना शुरू कर दिया हो और साल-डेढ़ साल में ही कला पर इतना अधिकार भी प्राप्त कर लिया हो कि उसके चित्रों को प्रदर्शनी में भी रखा जा सके। इसलिए इस ख्याल की सिहरन को चेतना ने खुद ही अपने मन में से निकाल दिया।

चम्पा की जाति मदान थी या कोई दूसरी, चेतना बिलकुल नहीं जानती थी। सुना भी होगा तो उसे इस समय याद नहीं था। चेतना ने सोचा कि

आज दोपहर में वह प्रदर्शनी में भी जाएगी और चम्पा को भी मिलेगी। 'पहले चम्पा के पास जाना चाहिए। उसे भी प्रदर्शनी में ले चलूंगी', चेतना ने सोचा।

दुपहरी के खाने से निपटकर चेतना चम्पा को मिलनें चल दी। स्कूल की पिछली ओर स्टाफ-क्वार्टरों में चम्पा रहती थी। चेतना जब चम्पा के क्वार्टर के सामने पहुंची तो उस दरवाज़े पर 'मिस चम्पा मदान' की तख्ती लटकती देखकर चेतना ठगी-सी रह गई। दरवाज़े को ताला लगा था। 'मिस चम्पा मदान...तो क्या चम्पा की जाति मदान है...चम्पा...चित्रकार चम्पा...' चेतना को हैरानी हुई।

चेतना प्रदर्शनी में पहुंचकर दर्शकों की भीड़ को हटाती हुई चम्पा को खोजने लगी। बीच में वह उड़ती नज़र से चित्रों की तरफ भी देखती जाती थी, पर रंगों और रेखाओं के पीछे खड़ी चम्पा को देखना और पहचानना कठिन था। लोगों में भी चम्पा कहीं दिखाई नहीं देती थी। आखिर में दरवाज़े के पास रखे टेबल पर आकर चेतना ने चित्रों का 'केटलाग' ले लिया। सारे फोटो केवल चित्रों के थे। चित्रकार का फोटो कहीं नहीं था। एक स्थान पर उन्नीस नंबर की 'पेंटिंग' के नीचे लिखा था : 'आत्मचित्र'। चेतना कमरे में आकर उस नंबर की पेंटिंग खोजने लगी।

चेतना ने जब 'आत्मचित्र' को देखा तो उसे लगा कि चित्र में का चेहरा चम्पा के जाने-पहचाने चेहरे से आयु में बड़ा था, पर चेहरा चम्पा का था—इतना पहचान सकती थी।

चित्र सलेटी रंग की लक़ीरों से बनाया गया था। सलेटी रेखाओं की पृष्ठभूमि भी धुंधली सलेटी रखी हुई थी। चित्र में आंखों की रोशनी चांदनी-सी धवल थी। चेतना काफी देर सोचती रही कि सब रंगों को छोड़कर चम्पा ने सलेटी रंग ही क्यों चुना था। धुंधलाया सलेटी रंग। पर इतना स्पष्ट था, रंगों के इस मिश्रण में आंखें बहुत उभर आई थीं, जैसे देह की सारी आवश्यकताएं और मांगें संग-साथ होकर उसकी आंखों में आ बैठी हों।

चित्र को देखते हुए चेतना की देह में एक सिहरन-सी दौड़ गई 'चाहे मुझे रंगों और लकीरों की गांठें खोलनी न आएं, पर अगर इस चित्र में से एक सिहरन उठकर मेरी देह तक आ सकती है तो इसका अर्थ है कि चित्र में कोई दैवी शक्ति है...' चेतना ने मन में सोचा और फिर उसे लगा जैसे रेखाओं

का सलेटी रंग संसार की हर वस्तु से अस्वीकारे जाने का रंग हो...

बायें हाथ में एक बड़ा कैनवस था। कैनवस के कोने में सफेद चौकड़ा था। बाकी सारे कैनवस पर मट्टी-रंग की तहें जमी हुई थीं। इस मटीले रंग में कहीं-कहीं चमकते रंगों के छोटे-छोटे टोटे थे। पर सारे टोटे मटीली तहों में पड़े हुए दिखते थे। उनकी चमक जैसे ढंकी-लिपटी हो। चेतना के हाथ में एक अजीब-सी जुंबिश हुई जैसे उसने चाहा हो कि वह आगे बढ़कर मटीली तहें परे हटा दे और गहरे चमकीले रंगों को बेपर्दा देख ले।...

"चेती! तुम?" धीरे से किसीने चेतना के कंधे पर हाथ रखा।

"चम्पा!" चेतना ने पीछे मुड़कर देखा। चम्पा उसकी बगल में खड़ी थी।

"मैंने समझा तुम दिल्ली में नहीं हो–इसलिए तुम्हें संदेशा नहीं भेजा।"

"तीन-चार दिन हुए हैं आए। आज अखबार में पढ़ा था, पर मैंने यह नहीं सोचा था कि तुम इन दिनों में इतनी बड़ी 'आर्टिस्ट' बन गई होगी।"

"कोई चित्र पसंद आया?"

"पसंद? यह बहुत कमज़ोर लफ्ज़ है...मैंने एक अजीब बात महसूस की है...ये तस्वीरें तुमने काहे से बनाई हैं?"

"काहे से?"

"मेरा मतलब है, क्या ये उन्हीं रंगों से बनाई हैं जिन रंगों से सब लोग बनाते हैं?"

"मैं समझी नहीं चेती?"

"रंगों में ऐसी कशिश भी होती है?...ये रंग जैसे बातें करते हों ...उससे भी कुछ अधिक...मैं अभी तुम्हारा सैल्फ-पोर्ट्रेट देख रही थी...उसमें से एक सिहरन उठकर मेरे मन में घिर गई...इसे क्या कहोगी चम्पा?"

"यह देखनेवाले का अपना ही 'कुछ' होता है...उसके अंदर ही कुछ ऐसा 'नर्म' होता है जो हिल जाता है।"

"नहीं चम्पा...यह सामने की तस्वीर...मटियाली लकीरों को देखकर मेरे हाथ में हरकत-सी आई जैसे मैंने चाहा हो कि इन तहों में झांक लूं, और वह जो रंगों के टोटे दिख रहे हैं, जिन्हें मटियाली तहें ढांपे हुए हैं...उन्हें पास से देख लूं!..."

चम्पा कुछ देर चुपचाप सामने की तस्वीर की तरफ देखती रही–और फिर धीमी आवाज़ में बोली, "मैं भी शायद यही कहना चाहती थी...इंसान के मन में जाने कितने रंग होते हैं, कितने ख्याल, कितने भाव, कितनी कटुताएं...आग की कितनी लपटें...पर समय का 'रेत' इनको इस तरह छा लेता है कि इनका वास्तविक रंग धूल के नीचे ढंका रह जाता है...धीरे-धीरे शायद वहां से मिट जाता हो..."

"ऊपर के कोने में दूध-चिट्टे रंग का क्या अर्थ है, चम्पा?"

"मैं समझती हूं यह 'चिट्टा' रंग आदमी की 'आस' का वह रंग है चेती, वह दरवाज़ा, या वह खिड़की, जिसमें से कोई अन्दर लांघ आए और समय की धूलों को झाड़कर मन के वास्तविक रंग में झांक ले।

"चम्पा!"

"हां!"

"पहले तुम हमेशा मुझे अपने से छोटी लगती थीं, पर आज..."

"नहीं चेती!..."

"आज मैं मुश्किल से तुम्हारे कंधों तक आती हूं।"

"नहीं चेती! अभी मेरा हाथ बहुत कच्चा है, तुम्हारी सोचें तो शुरू से पक्की हैं, मैं अब कुछ..."

"अच्छा, अब तुम मुझे अपनी वह तस्वीर दिखाओ जिसे बनाकर तुम्हें बड़ी तसल्ली मिली हो।"

"दरवाज़े के दाहिने की तस्वीर तुमने देखी? बाहर के दरवाज़े से अंदर पैर रखते ही।"

"मैं तो अभी आ रही हूं चम्पा। आकर तस्वीरें नहीं देखीं, तुम्हें ही खोजती रही हूं।"

"मैं चाय का प्याला पीने चली गई थी।"

"चल वह तस्वीर देखें।"

दरवाज़े से अंदर आते ही दाहिने जो तस्वीर थी, उसमें प्रयोग किए गए रंग तो गिनती के ही होंगे, पर लगता ऐसे था जैसे रंग गिने नहीं जा सकते

हों। एक रंग की लकीरें दूसरे रंग की लकीरों उलझी हुईं थीं, दूसरे रंग की लकीरें तीसरे रंग की लकीरों में...लकीरों का कोई शुमार नहीं था, इसलिए रंग भी बेशुमार थे। रंगों और लकीरों ने सारे कैनवस को घेरा हुआ था, सिर्फ कैनवस के नीचे के हिस्से में दो आंखें बनी हुई थीं। उनमें नज़र नहीं थी। लकीरों को गौर से देखने पर लगता था कि नज़र आंखों में से निकलकर लकीरों में भटक रही है। नज़र सीध में नहीं थी, चढ़ाव-उतार में थी, जैसे लकीरों के जंगल में खो गई हो।

"चेती, जब इंसान बहुत भटक जाता है..."

"भटकते हुए तो दुनिया ने बहुत लोग देखे होंगे चम्पा! पर तुम्हें मन की ऐसी अवस्था मिल गई है कि तुम भटकने की पीड़ा को इस तरह रंगों में ढार सकती हो..."

"जब कोई 'केंद्र' न मिले...केंद्रच्युत...आ तुझे एक और तस्वीर दिखाऊं!"

चम्पा ने चेतना को एक-दूसरे कैनवस के सामने ला खड़ी किया। चेतना ने देखा कि इस कैनवस में पेड़ ही पेड़ बने हुए थे। सारे पेड़ रंगदार थे, कोई किसी रंग में, कोई किसी रंग में। पर इन रंगीन पेड़ों पर न कोई पत्ता था, न कोई फूल। सब ओर सूखी हुई टहनियां थीं। चेतना ने गौर से देखा, एक-एक पेड़ फैलाए हाथ के आकार का था। टहनियां उंगलियों-सी दिखाई देती थीं। चेतना ने चौंककर चम्पा की ओर देखा।

"यह एक खाली मन की हालत है चेती!" चम्पा ने धीरे से कहा।

"पर तुम्हारे खाली मन में कित्ते रंग हैं चम्पा?"

"बहुत रंग हैं, पर सारे रंग जैसे किसी की नज़र के मुहताज़ हों।"

चम्पा चेतना का हाथ पकड़कर उसे एक और कैनवस के सामने ले गई।

यह कैनवस इस तरह दिखता था जैसे दीवार पर एक बहुत बड़ा शीशा तड़ककर कंकरा गया हो। दूर से देखने पर शीशे में एक आदमी की आकृति उभरती थी, पर असंख्य टुकड़ों में बंटी हुईं। इन्सान की सारी देह जैसे दरार गई हो। देखते-देखते चेतना की देह में एक सिहरन उतर गई।

"फ्रस्ट्रेशन।" चम्पा ने कहा।

"बड़ी भयानक तस्वीर है।"

"इसकी वह आंख देखती हो...वह खुली आंख?"

"लगता है जैसे इस आदमी की भटकन का कहीं अंत न हो।"

"और उसकी दूसरी आंख?"

"दूसरी आख बिलकुल बंद है।"

"जब इंसान इतना फ्रस्ट्रेटड हो, सीध में देखनेवाली और सोच-समझ सकने की आंख बन्द ही तो हो जाती है।"

"चम्पा!"

"उसका हाथ देखा तुमने?"

"कुछ गढ़ रहा है।"

"और उसका दूसरा हाथ?"

"कुछ तोड़ने में व्यस्त है।"

"इसी तरह उसका एक पैर..."

"जैसे चलने की जल्दी में हो...कहीं जाने के लिए...कहीं पहुंचने के लिए..."

"और उसका दूसरा पैर एक जगह से जुड़ा हुआ है, जैसे पथरा गया हो।"

"कमाल है चम्पा!"

"कोई तस्वीर दिखाऊं?"

"आज नहीं चम्पा! इस तस्वीर के बाद कुछ और देखने की हिम्मत मुझमें नहीं रही। मैं कल फिर आ जाऊंगी।"

"जाने की जल्दी में हो क्या? एकसाथ बैठकर चाय न पी ली जाए?

"मैं जल्दी में नहीं हूं। मैं यहां बैठती हूं। तुम जब यहां से खाली हो जाओगी तो मैं तुम्हारे साथ तुम्हारे कमरे में चलूंगी।"

"मेरा यहां रहना कोई आवश्यक नहीं। अगर तुम कहो तो हम अभी चल सकती हैं।"

चेतना को साथ लेकर चम्पा अपने क्वार्टर में चली आई। चम्पा ने चाय बनाई। पर चाय पीते हुए भी चेतना को लग रहा था जैसे वह अभी भी प्रदर्शनी से न लौटी हो। चम्पा की तस्वीरों ने उसे इस तरह झकझोर दिया था कि उसका मन अब तक भटका हुआ था। चाय का एक प्याला चेतना ने पिया, दूसरा प्याला पिया, और फिर कुछ संभलकर चम्पा से बोली :

"चम्पी!"

"हां।"

"अगर तुम कहो तो एक बात पूछूं?"

"इजाज़त लेने की यह नई बात तुम बंबई से सीखकर आई हो।"

"यह बात नहीं चम्पा! फिर भी. ..किसी से पूछना दखलंदाज़ी तो है ही..."

"दखलंदाजी?...अंदाज़ तुम्हारा हमेशा खूबसूरत होता है, बाकी रहा दखल, वह मैं थोड़ा-बहुत सह लूंगी।"

"शुकर है, तुम हंसी तो! पिछले दो घंटे से तुम्हारा मुख देख रही हूं।"

"मेरा मुख? तुम तो मेरी तस्वीरों का मुख देखती रही हो।"

"उसमें भी तुम्हारा ही मुख देखती रही हूं।"

"क्या देखा?"

"क्या तुम्हारा मुख बहुत उदास है?"

"उदास मुख तुम्हें अच्छा नहीं लगा?"

"अच्छा तो पहले से भी अधिक लगा है। पहले एक प्यारा मासूम चेहर होता था, अब वह सयाना भी बहुत हो गया है, गहरा भी बहुत..."

"गहरा?...मेरे होंठों के पास गहरी लकीरें ज़रूर दिखने लगी हैं।"

"मुझे अच्छी लगी हैं।"

"पर इन लकीरों से मैं तीस साल की लगने लगी हूं।"

"मैच्योर!"

"किसी जवान लड़की को 'मैच्योर' कहना कम्पलीमेंट नहीं होता।

"उमर के लिए शायद यह कम्पलीमेंट न होता हो, पर सयानपन के लिए यह कम्पलीमेंट ही होता है।"

"किसी और के मुख से यह बात सुनकर शायद मुझे वैसा न लगता। पर तुम्हारे मुख से यह कम्पलीमेंट ही लगता है। यह कम्पलीमेंट देने के लिए ही मेरी इजाज़त मांगी थी क्या?"

"उदासी शायद 'मैच्योरिटी' का ही हिस्सा होती है, पर जो बात पूछने के लिए मैंने इजाज़त मांगी थी...वह थी कि तुम्हारा चेहरा इतना उदास क्यों है? तुमने इस एक-डेढ़ साल में जितना हासिल कर लिया है, वह इतनी जल्दी कितने लोगों को प्राप्त होता है? यह तुम्हारी तीस 'पेंटिंग्ज़', और वह भी इतनी अच्छी। लगभग तीन-चार दिनों से सारे अखबार तुम्हारी और तुम्हारी कला की चर्चा से भरे हुए हैं। पर तुम खुश क्यों नहीं हो?"

"मैं खुश हूं चेती! पर खुशी की कई शक्लें होती हैं..."

"तुम काम करने की तसल्ली से शायद खुश हो, पर जिस शक्ल में तुम्हें खुश देखना चाहती थी..."

"अठारह-बीस साल की उमर में खुशी की और शक्ल होती है, बीस-बाईस साल की उमर में कुछ और..."

"यह भी ठीक है। पर जो मैं कहना चाह रही थी..."

"वह भी ठीक है चेती। जिस राह पर मैंने सोचा था, कि मुझे खुशी हासिल होगी, वह रास्ता बदल गया, इसलिए खुशी का रूप भी बदल गया। सृजन के इस रास्ते पर खुशी बहुत है, पर एक उदासी इसमें हमेशा रमी रहती है। वैसे यही उदासी हाथों में रंग पकड़ती है, नहीं तो..."

"यह मैं समझती हूं चम्पा! पर मेरा मतलब कुछ और था।"

"नये साल की मुबारक का तुम्हारा कार्ड मुझे मिला था, मैंने संभालकर रखा है।"

"इतना संभालकर कि उसकी पहुंच भेजने का भी तुम्हें ख्याल न रहा।"

"ख्याल की बात नहीं...यह तो तुम्हारी मिहर थी कि तुमने मुझे याद किया, पर तुम यहां नहीं थीं, बंबई थीं उन दिनों।"

"मैंने तुम्हें कार्ड पर अपना बंबई का पता लिखा था, वैसे भी तुम जानती थीं कि मैं सुमेर के पास हूं।"

"इसीलिए मैंने जवाब नहीं दिया था। अगर तुम यहां दिल्ली होतीं, मैं तुम्हें ज़रूर लिखती, मिलती भी ज़रूर। पर वहां..."

"तुम सुमेर से बहुत रूठी हो?"

"मुझे रूठने का कोई अधिकार नहीं चेती। जो अधिकार मैंने खुद खोया था, अगर वह वापस मुझे मांगे से नहीं मिला, तो इसमें भी मेरा कसूर है, किसी और का नहीं।"

"मुझे मालूम है। एक बार तुमने सुमेर कों खत लिखा था। उसने जवाब नहीं दिया था।"

"चुप रहने का फैसला उसने कर लिया और मैंने उसे स्वीकार कर लिया।"

"पर यह तुम कैसे जानती हो कि उसने कोई चुप रहने का फैसला कर लिया है। अगर किया भी हो तो यह कैसे कह सकती हो कि वह अपने फैसले पर कायम होगा?"

" 'चुप' इतनी दूर जो चली आई, इसलिए कायम है।"

"तुम तो एक ऑर्टिस्ट हो चम्पी! आर्टिस्ट भी बहुत बड़ी। तुम तो मुझसे कहीं ज़्यादा यह बात जानती होगी कि चीज़ें बाहर से जैसी दिखाई देती हैं, क्या अंदर से भी वैसी ही होती हैं?"

"पर दूर बैठकर तो ऊपर से देखकर ही अन्दाज़ा लगाया जा सकता है।"

"कसूर तुम्हारा नहीं चम्पी। कसूर सुमेर का है, पर अगर कहीं तुम आगे वढ़कर उसके अन्दर झांक सकतीं..."

"पहले सोचती थी, पर फिर...फिर वह बात भी जाती रही।"

"कौन-सी बात जाती रही?"

"यही कि अगर मैं कहीं उसकी खामोशी को, उसके रोष में झांकूं तो शायद मुझे कहीं मेरी जगह मिल जाए..."

"पर झांकने की बात कैसे जाती रही?"

"यह भी मैं बताऊं?"

"मैं खुद कैसे जान सकती हूं चम्पी?

"तुम जानती हो...। अगर तुम नहीं तो और कौन जानेगी?"

"मुझे सचमुच मालूम नहीं चम्पी।"

"नहीं चेती! मैं इससे अधिक कुछ नहीं कह सकती। इससे अधिक कुछ कहना–तुम मुझे इतनी मुश्किल में क्यों डाल रही हो?"

"मैं बिलकुल नहीं समझी चम्पी।"

"इस बात को यहीं रहने दो चेती। और अधिक मुझसे कुछ नहीं कहा जाएगा।"

"मेरे सामने भी नहीं?"

"नहीं चेती! तुम्हारे सामने भी नहीं।"

"चम्पा!"

"मुझे याद है, मैंने ही तुम्हें एक बार कहा था कि मैं अपने मन की बात खत में नहीं लिख सकती, तुम मेरा खत बन जाओ।"

"तुमने मुझ पर कितना बड़ा विश्वास किया!"

"विश्वास अब भी करती हूं..."

"यह कैसा विश्वास है चम्पा?"

"इससे विश्वास का कोई संबंध नहीं। सिर्फ इतना है कि अब कुछ कहने की आवश्यकता नहीं रही।"

"इसका मतलब यह हुआ कि मैं और सुमेर अब तुम्हारी उम्मीद नहीं कर सकेंगे?"

"मेरी उम्मीद?"

"मैं तुम्हारा वही खत बनी थी, जो तुमने मुझे बनने के लिए कहा था। पर अब तुम उस खत का जवाब नहीं सुन रही हो, उसकी तुम्हें ज़रूरत नहीं रही। क्या जवाब आने में इतना समय लग गया कि उसके आने तक उसकी ज़रूरत ही जाती रही? देर तो सचमुच हो गई है... डेढ़ साल हो चला..."

"डेढ़ साल की बात नहीं चेती! मैंने तुम्हें यह कब कहा था कि जवाब का इंतजार थोड़ी देर करूंगी...मैं कई डेढ़ साल जवाब की राह देख सकती थी।"

"कई नहीं, अभी तो एक डेढ़ साल ही हुआ है।"

"पर इस एक साल ही में तो सब कुछ चुक गया।"

"मैं यही तो पूछ रही हूं चम्पी, कि क्या चुक गया? कहां चुक गया? कैसे चुक गया?"

"यह भी मैं बताऊंगी?"

"और कौन बताएगा?"

"बताई वह बात जाती है...जिसका किसी को कुछ पता न हो।"

"हम सदा खुलकर बातें कर लिया करती थीं चम्पा। पहेलियां हमने कभी नहीं बुझवाई थीं। आज हम वैसे ही बातें नहीं कर सकतीं क्या?"

"मैं सब बातें कर सकती हूं चेती। पर यह बात मुझसे नहीं होगी। बस इस बात को जाने दो!"

"पहले हम बातें किया करती थीं तो इस किस्म की कोई शर्त नहीं रखती थीं।"

"यह शर्त नहीं चेती। यह बात मुझसे नहीं हो पाएगी। होनी भी नहीं चाहिए। होनी भी चाहिए तो तुम्हें करनी चाहिए। अगर तुम अपने मुख से ही यह बात...तुम सिर्फ सुमेर के कारण ही तो मेरी दोस्त नहीं हो।"

"अगर मुझे इस बात की ज़रा भी खबर-सार होती तो मैं ज़रूर कर देती, सचमुच खुद कर देती। पर मुझे..."

"मैं तुमसे पूछतीं अच्छी नहीं लगती।"

"अच्छी लगने और बुरी लगने का भार अगर तुम मुझ पर छोड़ दो...

"अगर मैं तुमसे कुछ पूछूं, भले ही मुझे पूछना नहीं चाहिए, तो क्या मुझे बता सकोगी?"

"मैंने यह नहीं सोचा था कि तुम्हें मुझसे यह पूछने की भी ज़रूरत पड़ सकती है।"

"चेती!...

चम्पा चुप ही रही। इतनी चुप कि इस चुप को तोड़ना चेतना के लिए कठिन था। चम्पा कितनी ही देर बायें हाथ की उंगलियों को दायें हाथ से, और दायें हाथ की उंगलियों को बायें हाथ से दबाती रही। काफी देर बाद वह जैसे बौखलाकर बोली :

"तुम एक छोटा-सा बच्चा कहीं से लाई हो..."

"हां चम्पा! सुमेर का एक दोस्त हवाई जहाज़ के 'क्रैश' में मर गया था। इस बात के गम से उसकी बीवी की हालत इतनी बिगड़ गई थी कि उसके लिए उस बच्चे का पालना मुश्किल था। मैं और मां ने उस बच्चे को अपने पास रख लिया है।"

"पर लोग कहते हैं..."

"लोग क्या कहते हैं?"

"तुम खुद समझ लो चेती...मुझसे नहीं कहा जाएगा।"

"कि यह बच्चा वास्तव में मेरा है?"

"नहीं चेती! बिलकुल नहीं। यह बात कोई तुम्हारे लिए कभी नहीं कह सकता।"

"मैं डेढ़ साल बंबई रही हूं, यहां नहीं रही। अच्छी-भली नौकरी छोड़कर गई थी। मैंने समझा शायद लोग..."

"नहीं। यह बात कभी किसी ने नहीं की चेती।"

"फिर क्या कहते हैं।?"

"कहते हैं कि सुमेर का एक दोस्त अमेरिका गया हुआ था। उसकी बीवी पीछे सुमेर के पास रही थी...उसकी बीवी को यह...सुमेर का बच्चा... और वह दोस्त एयर-क्रैश में नहीं मरा, उसने 'सुसाइड'..."

चेतना चुप थी। कितनी ही देर वह बोल न पाई। अपने नीचे के होंठ को वह कितनी ही देर दांतों से काटती रही। रह-रहकर आंखें झपकती रही। और आंखों में झूलते पानी को रोकती रही। फिर उसने एक गहरा सांस लेकर अपना सिर चम्पा के कंधे पर रख दिया और आंखें चम्पा की ओर उठाकर बोली :

"चम्पी! मैं जो कुछ बताऊंगी सच बताऊंगी, तुम्हें यह विश्वास है न?"

"मुझे विश्वास है।"

"पर खुद बताने से पहले मुझे तुमसे यह पूछना है कि तुम अब भी सुमेर से प्यार करती हो या नहीं?"

"मैं अब भी उसे प्यार करती हूं या नहीं, यह मैं खुद भी नहीं जान पा रही चेती। पर यह मैं ज़रूर कह सकती हूं कि मैंने उसे छोड़कर इस दुनिया में और किसी को प्यार नहीं किया।"

"और अगर सुमेर भी तुमसे प्यार करता हो, सिर्फ तुम्हें..."

"यह मैं कैसे मानूं?"

"मेरे कहने पर। अब मेरे कहने पर मान लो–बाद में सुमेर से पूछ लेना।"

"पर उस बात के बाद...बच्चे की बात के बाद..."

"यह सुमेर का बच्चा नहीं चम्पा! मैं तुम्हें सच कह रही हूं।"

"यह सुमेर का बच्चा नहीं?"

"नहीं चम्पा! बिल्कुल नहीं। सुमेर को शराब की आदत पड़ गई है... पर झूठ बोलने की आदत उसे कभी नहीं पड़ेगी शायद उसका मन तुम्हारी तरफ से बहुत टूटा हुआ था...इसीलिए उसने तुम्हारे खत का जवाब नहीं दिया था...खत का जवाब उसने लिखा था, पर तुम्हें भेजा नहीं, अलमारी में रख लिया। उसने तुम्हें एक नहीं, बहुत खत लिखे, पर हर बार खत डालते हुए जैसे उसके मन का कुछ खरौंच जाता हो, जिससे वह खत नहीं डाल पाता था। लिखे बिना उससे रहा नहीं जाता था...पर डालता भी नहीं था। एक दिन जब मैंने उससे कहा कि मैं चुराकर खत तुम्हें भेज दूंगी तो वह तमककर बोला, तुम उसका खत बन सकती थीं, मेरा खत नहीं बन सकती हो क्या? क्या मेरे पास उसका लिखा हुआ सवाल लाई थीं जो मुझसे लिखा हुआ जवाब मांगती हो?"

"यह सब तुम सच कह रही हो...?"

"तुम बंबई जाकर उसकी अलमारी खोलकर सारे खत पढ़ सकती हो।"

"मैं?"

"चम्पा!"

"मुझे अपनी किस्मत पर यकीन नहीं आता।"

चम्पा के होंठ कांपने लगे और उसकी आंखें छलकने लगीं, "मुझे नहीं था पता...नहीं पता था...जानती थी मेरी तस्वीरों को कई लोग आकर देखेंगे...पर यह नहीं मालूम था किस्मत भी इन्हें देखने आ जाएगी।"

"अभी तो सुमेर ने यह तस्वीरें नहीं देखीं...उसे यह भी पता नहीं कि तुम इतनी बड़ी चित्रकार हो गई हो ...उसके लिए तो तुम वही स्वीट-सिक्सटीन..."

"मैं उसे सचमुच याद हूं?...यह तुम सच कहती हो चेती?"

"यह सब उतना ही सच है, जितनी सच्ची तुम्हारी मुहब्बत है... अब तुम्हें एक और बात बतानी है। सोचती थी तुम्हें अभी नहीं बताऊंगी, पर अब सोचती हूं कि बता देनी चाहिए।

"और बात? मुझे और कुछ मत बताओ चेती! कहीं ऐसा न हो कि इस बात् से भी जाऊं..."

"इस बात से उसका कोई संबंध नहीं। मेरा मतलब है...तुम और सुमेर से इस बात का कोई संबंध नहीं है।"

"अच्छा!"

"मैं और मां ने सबसे यही कहा है कि सुमेर का एक दोस्त एयरक्रैश में मर गया था और हम उसका बच्चा अपने पास ले आईं।"

"यह मैंने सुना है चेती, कइयों ने सुना है।"

"पर यह बात सच नहीं।"

"यह बात सच नहीं?"

"सच कई बार ऐसी चीज़ होती है, इतनी पाकीज, कि हर किसी को दिखाई नहीं जा सकती...यह बच्चा किसी और का बच्चा नहीं। यह मेरा अपना बच्चा है।"

"तुम्हारा बच्चा?"

"मेरा अपना बच्चा।"

"पर चेती तुम..."

"मैंने विवाह नहीं किया। न कभी करूंगी। पर यह बच्चा मेरी किसी गलती का फल नहीं चम्पा!"

"तुम कभी कोई गलती नहीं कर सकतीं चेती।"

"गलती वह होती है जो अपनी नज़रों में गलती हो और जिसका इंसान को पश्चात्ताप हो।...पर तुमने यह कितने प्यारे अंदाज़ में कहा है कि मैं कभी गलती नहीं कर सकती।...तुम्हारी जगह अगर कोई और इस बात को सुने तो वह कभी नहीं समझ सकता कि मैंने यह गलती नहीं की।"

"पर चेती।"

"जिससे प्यार किया है, वह मुझसे विवाह नहीं कर सकता। मैं उसे छोड़कर और किसी से विवाह नहीं कर सकती। इसलिए मैं अपनी ज़िंदगी उसकी जगह उसके बच्चे के साथ गुज़ार लूंगी।"

"पर चेती! दुनिया में वह कौन हो सकता है जिससे तुम विवाह करना चाहो और वह न माने..."

"उसकी मजबूरियां ही कुछ ऐसी हैं।"

"वह..."

"उसे कोई सांसारिक उलझन नहीं, यह उसकी मानसिक मजबूरी है। मेरा ख्याल है कि वह उमर-भर किसी से विवाह नहीं करेगा।"

"वह कैसा आदमी है चेती?"

"झूठ मैं बोलने से रही, सच बता नहीं सकती। इसलिए मैं तुम्हें उसका नाम नहीं बता सकूंगी। बताने में मुझे इतराज़ नहीं, पर उसका नाम बताने की इजाज़त मैंने उससे नहीं ली हुई।"

पर उसे यह कैसे मंज़ूर हो गया कि उसका बच्चा उसके घर न रहे? उसके मन पर इस बात का भार नहीं रहेगा?"

"उसे मैंने बच्चे की बात नहीं बताई। उसने अगर कहीं से कुछ सुना होगा तो यही सुना होगा जो बाकी लोगों ने सुन रखा है। यह बात मुझे समझ

नहीं आती कि लोगों ने यह बात कैसे सोच ली कि सुमेर का कोई दोस्त अमेरिका गया हुआ था और पीछे उसकी बीवी...मेरे ख्याल से लोगों ने वैसे ही किसी न किसी पर लांछन लगाना होता है, उन्हें मेरा ख्याल नहीं आया, सुमेर का ख्याल आ गया, जिस बिचारे का ज़रा भी कसूर नहीं।"

"पर चेती! तुम सारी उमर इस तरह अकेली..."

"यही मैंने सोचा था कि सारी उमर अकेले बितानी कठिन हो जाएगी अगर बच्चा होगा, .तो मैं अकेली नहीं रहूंगी।

"पर इस बच्चे को तुम किसी के सामने अपना बच्चा नहीं कह सकती हो।"

"किसी के सामने कहकर मुझे क्या लेना है? मैं अपने सामने हमेशा कह सकती हूं।"

"यह तुम..."

"मैंने कानूनन इसे गोद ले लिया है। इसलिए इस पर हर तरह से मेरा हक है।"

"पर चेती! तुमने उसे क्यों नहीं बताया?"

"एक गलतफहमी का डर था, कि कहीं वह यह न सोच ले कि बच्चे का भार डालकर मैं उसे विवाह करने के लिए घेर रही हूं। मैंने उस पर मुहब्बत का भी भार नहीं डाला, बच्चे का भार किस तरह डाल सकती थी?"

"चेती!" चम्पा ने चेती का हाथ पकड़कर अपने माथे से लगा लिया और बोली, "तुम्हारा मन जितनी ऊंची जगह पर पहुंच गया है, मेरी सोच का हाथ भी वहां नहीं पहुंच सकता।"

"पहले सिर्फ मेरी मां और मेरे भाई को इस बात का पता है। और किसी को नहीं, डाक्टर को भी नहीं। डाक्टर को मेरी मां ने बताया था कि मेरा विवाह हो चुका है। कुछ दिन कितने ही झूठ बोलने पड़े ...डाक्टर को कुछ बताया, लोगों को कुछ। सच किसी को भी नहीं बता सकती थी। आज तुम्हें मैंने यह बात बताई है। अगर तुम्हें सुमेर पर किसी तरह का संदेह न जाता तो तुम्हें भी अभी मैं यह बात न बताती। जब सुमेर से तुम्हारा विवाह हो जाता तो शायद बता देती।"

"उसे देखने को मन करता है। क्या नाम रखा है उसका?"

"अणुराज...वैसे हम 'अणु' कहकर बुलाते हैं?"

"कितने दिनों का हो गया है?"

"साल का हो गया है।"

"अभी तुम्हारे साथ चलूं क्या? उसे देखने के लिए मन बहुत कर रहा है।"

"चलो ।"

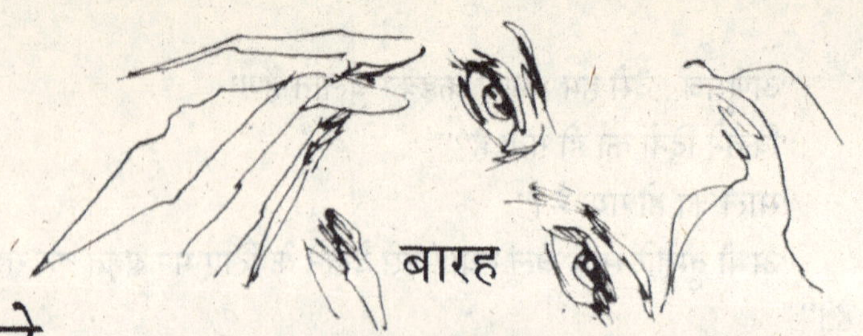

बारह

चेतना ने अणु को धूप में लिटा रखा था। मां ने उसे नहलाने के लिए चूल्हे पर. पानी रखा हुआ था और अलमारी से तौलिया निकाल रही थी। चेतना ने बच्चे के कपड़े उतारे और कटोरी में तेल लेकर बच्चे के बदन पर धीरे-धीरे मलने लगी।

बच्चे के गाल धूप में गुलाबी हो आए थे। काली लटें उसके माथे पर झूल रही थीं। चेतना के हाथों का स्पर्श पाकर वह रह-रहकर किलक उठता था। उसे शायद भूख लग आई थी, पर इस समय वह रोने की जगह बायें हाथ का अंगूठा मुंह में चूस रहा था। कभी-कभी अंगूठे को चूसते हुए वह ज़ोर से किलक उठता था। उसकी आंखें चेतना पर इस कदर केंद्रित थीं कि दूर रखी कटोरी से उंगली में तेल छुलाने के लिए चेतना का हाथ उधर जाता तो उसकी आंखें भी उधर ही घूम जातीं, और अगर उसके बदन पर पड़ रही अपनी छाया को हटाने के लिए चेतना अपनी जगह बदलकर दूसरी तरफ आती तो उसकी आंखें भी उधर ही घूम जाती थीं।

चेतना के मन में मोह की एक तरंग-सीं 'लहर' गई। उसे वह दिन याद आया जब मां और सुमेर इस बच्चे को गोद में लेकर एक अनाथालय में ले गए थे और वहा यह कहकर छोड़ आए थे कि यह बच्चा उन्हें समुद्र के किनारे पड़ा मिला था। बेशक चेतना जानती थी कि सुमेर ने यह तरकीब उसके भले के लिए सोची थी, और एक-दो दिन बाद उन्होंने फिर से अनाथालय जाकर उस बच्चे को गोद लेकर घर ले आना था, पर चेतना का वह दिन बड़ा कठिन था। अपने इस प्यारे बच्चे को उसने एक दिन के लिए लावारिस कहा था, उस दिन की याद कर चेतना के मन में एक आंधी-सी घिर आई और उसने तेल से पुते हुए बच्चे को उठाकर अपनी छाती से लगा लिया।

किसी ने बाहर के दरवाज़े पर हाथ दिया। मां ने दरवाज़ा खोला। इकबाल की मां आई थी।

"कौन, अम्मां!" चेतना ने अम्मां को देखकर कहा।

"तुम कब आईं बेटी?" इकबाल की मां ने आगे बढ़कर चेतना का सिर चूमकर कहा, "मैं आज सुबह पटियाला से आ रही हूं। आते ही पता चला कि बेटी दिल्ली आई हुई है, और मैं मिलने के लिए तभी चली आई हूं।

"मैं तो अम्मां आते ही तुम्हारी तरफ गई थी। सांकल पर ताला लगा हुआ था। पड़ोसियों ने बताया कि तुम पटियाला गई हुई हो। मैंने तो समझा था कि शायद तुम दिल्ली से ही चली गई हो पूना में।"

"पूना ही जाना था। इकबाल की पढ़ाई खत्म हो गई है। अब उसे अस्पताल में अपना बंगला मिल गया है। अब दिल्ली रहकर मैं क्या लूंगी। सोचा कि फिर जाने इस तरफ कब आना हो, दो-चार दिन के लिए पटियाला हो आऊं और भाई-भतीजों को मिल आऊं।"

"तुम्हारा खत मुझे बंबई मिल गया था। मैंने तुम्हें ज़्यादा खत नहीं लिखे, सोचा कि तुम्हें पढ़वाने में मुश्किल होगी।"

"अच्छा, मुझे मुन्ना तो दिखाओ।"

"वह देखो, धूप ताप रहा है, नंग-धड़ंग लेटा है।"

"री बलिहारी जाऊं...कित्ता सुंदर है!" अम्मां ने आगे बढ़कर बच्चे को गोद में ले लिया। बच्चे ने ध्यान से कुछ देर अम्मां की तरफ देखा और फिर चेतना की तरफ बांहें खोल दीं।

"अब पहचान रखने लगा है, किसी के पास ठहरता नहीं। चेतना हंस पड़ी।

"इतने बड़े कर्म भी किसी के होते हैं।...कहां जन्म लिया और कहां पल रहा है!" अम्मां ने पिघली हुई आवाज़ में कहा और बच्चा चेतना को दे दिया। चेतना ने उसे फिर दरी पर लिटा दिया और उसकी टांगों पर तेल मलने लगी।

"मुझे तुम्हारा खत मिला तो मैं यही सोचती रही कि जाने तुम्हारा दिल किन हाथों ने बनाया है। राह जाते लोगों के दुःखों को अपने सिर ओढ़ लेती हो।" अम्मां चेतना के पास बैठती बोली।

जाने चेतना के मन में अम्मां की बात सुनकर क्या आया और क्या नहीं आया, पर वह मुख से कुछ न बोली।

"पानी गर्म हो गया है, इसे नहला दो, अब! नंगा लेटा हुआ है, कहीं ठंड न लग जाए।" चेतना की मां ने कहा और एक बड़े तसले में पानी डालकर चेतना के पास रख दिया।

"लाओ मैं नहला दूं।" अम्मां ने कहा।

चेतना ने बच्चे को उठाकर अम्मां को दे दिया। अम्मां ने बच्चे को पानी से भरे तसले में लिटा दिया और उसके बदन पर साबुन मलने लगी। चेतना की मां ने तौलिया और पाउडर लाकर जब दरी पर रखा तो उसने एक नज़र चेतना को देखा। मां ने बेमालूम-सा एक गहरा सांस लिया था। चेतना ने देख लिया। मां के अंतर में जो गम उतर गया था उसे उसने मन ही मन सह लिया था। चेतना को वह उसका आभास नहीं होने देती थी। चेतना अपने मन में मां की बहुत आभारी थी, पर वह कभी-कभी बेमालूम-से उस गहरे सांस से लज्जित हो जाती थी। इस समय भी उसने उस लज्जा को अनुभव किया और गर्दन झुका ली।

हाथ बे-पहचाने थे, पर बच्चा रोया नहीं। अम्मां ने सहती-सहती तलियों से बच्चे की अंखबार से पानी पोंछा और उसकी पीठ पर साबुन लगाने के लिए एक बगल लिटा दिया। पीठ के साबुन को जब अम्मां ने पानी से धोया तो उसका हाथ चौंक रहा। बच्चे की पीठ पर चर्म के रंग से गहरा एक हल्का-सा निशान था। अम्मां को वह दिन याद हो आया जब इकबाल छोटा-सा था और वह जब भी इकबाल की नहलाती थी तो इस तरह का निशान देखा करती थी। अम्मां के मन में अपनें इकबाल का लड़कपन याद कर हुलार-सा आया और वह भोलेपन में कुछ कहने ही चली थी कि उसके होंठ चुपिया गए। उसने एक नज़र भरकर चेतना के चेहरे की तरफ देखा, पर चेतना का ध्यान उस ओर नहीं था। अम्मां ने बच्चे को तसले के पानी से निकालकर तौलिए में लपेट दिया।

चेतना की मां ने बच्चे के लिए बोतल में दूध भर दिय़ा था। बच्चा भूख से बेज़ार था। बोतल को देखते ही बांहें पटकने लगा। चेतना ने मां के हाथ से बोतल लेकर अम्मां को दे दी। अम्मां बच्चे को दूध पिलाने लगी।

चेतना कमरे में जाकर बच्चे के लिए कपड़े ले आई। फ्राक का एक बटन टूटा हुआ था। चेतना सुई-धागा लेकर बटन लगाने बैठ गई।

बच्चा जैसे-जैसे दूध पी रहा था, नींद के भार से उसकी आंखें मुंदी जाती थीं। "लाओ इसे कपड़े पहना दूं, नहीं तो ऐसे ही नंगा सो जाएगा। अम्मां ने कहा।

चेतना ने फ्राक दे दी। फ्राक की पीठ चेतना ने कटाई में खुली रखी थी, ताकि फ्राक पहनने में बच्चे को कष्ट न हो। अम्मां ने फ्राक पहनाकर पीठ के बटन मेल देने के लिए बच्चे की पीठ अपनी ओर की तो अम्मां ने एक बार फिर चमड़ी से थोड़ा गहरे उस निशान को देखा। इसके बाद वह एक-एक कर बटन मेलने लगी।

"अम्मां, कभी-कभी खत लिखती रहना। पूना जाकर मुझे भूल मत जाइयो।" चेतना ने हंसकर कहा।

"तुम्हें नहीं लिखूंगी तो और किसे लिखूंगी बेटी!" अम्मां ने धीरे से कहा।

"देखना कहीं आलस कर जाओ लिखवाने में। पहले मैं तुम्हारी मुंशिन होती थी, तुम्हारे लिए खत लिखती थी। अब तुम मेरे लिए किसी और को मुंशी बना लेना।" चेतना ने कहा और हंस पड़ी।

"सुना है अब तुम और तुम्हारी मां फिर बंबई चली जाओगी?"

"वहां हम सुमेर के पास रहेंगी। यहां अकेली किसलिए रहना है।" पास से चेतना की मां ने कहा।

"मैंने सोचा था कि चेतना का विवाह हो जाने पर तुम अपने बेटे के पास चली जाओगी। यहां इस घर में चेतना का विवाह होना था।" अम्मां बोली।

सुमेर का अब यहां आना बड़ा कठिन है। उसे ज़्यादा छुट्टियां नहीं मिलतीं। जहां सुमेर, वहीं हमारा घर।"

"और यह घर?"

"इसको बेचने के लिए सौदा चल रहा है। अब यहां अकेले नहीं रहा जाता। और यह लड़की अभी विवाह को भी कहां मानती है...बंबई इसे अच्छी नौकरी मिल गई है। जब तक विवाह नहीं करेगी, इसका मन लगा रहेगा।"

बच्चा सो गया था, चेतना ने बच्चे को अम्मां के अंकवार से लेकर अंदर पलंग पर खुला दिया। ।

"मैं अब चलूं, बेटी! किसी समय तुम आना।" अम्मां ने कहा और उठ बैठी।

"तुम अभी तो गाड़ी से उतरकर आई हो, घर जाकर कहां रोटी बनाने बैठोगी। यहां रोटी बन चुकी है, एक कौर यहीं खा लो तो!" चेतना की मां ने कहा और अम्मां का हाथ पकड़कर उसे फिर बिठा लिया।

चेतना ने भी रोटी खाई, मां ने भी और अम्मां ने भी। "मुझे भूख नहीं–अभी चाय जो पी थी!" अम्मां ने रोटी खाते हुए कहा। वह बहुत थोड़ी रोटी खा पाई। कोई चिंता उसे मन में कचोट रही थी।

"पटियाला से मैं तुम्हारे लिए मोतियों का 'परांदा' लाई हूं।" अम्मां ने उठते हुए कहा!

"चलो तुम्हें छोड़ आती हूं और अपना 'परांदा' भी लेती आऊंगी।" चेतना बोली।

अम्मां चेतना को घर ले आईं। उसने अपनी छोटी-सी टरंकी को खोलकर कागज़ में लिपटा हुआ एक मोतियों का परांदा बाहर निकाला।

चिट्टे मोतियों का परांदा चेतना ने हाथ में लिया और अपने लंबे-लंबे बालों की चोटी को आगे कर उसके साथ परांदे का मेल देखती हुई बोली "देखो अम्मां! कैसा लगता है!"

"मैं सोचती थी कि तुम्हें पसंद आएगा या नहीं।"

"क्यों?"

"आजकल की लड़कियों को, सोचती थी, शायद यह पुराना फैशन अच्छा न लगे। इसी से डरती थी।"

"मैं तो अम्मां, आजकल की लड़की नहीं हूं। या तो मैं पिछली सदी की लड़की हूं, और या आनेवाली सदी की हूं।" चेतना हंसकर बोली।"

"और तुम पहनो...मोतियों की चूड़ियां भी लाई हूं।"

"पर वह तो अम्मां, तुम मेरे लिए नहीं लाई हो। क्या जाने किसके लिए लाई हो।"

"मेरा और कौन है बेटी?" अम्मां ने कहा और कागज़ में लिपटी हुई मोतियों की चूड़ियां टरंकी से निकालीं।

"सच बताओ अम्मा! किसके लिए लाई थीं चूड़ियां? अगर मेरे लिए लाई होतीं तो तुमने मुझे पहले ही कह दिया होता।"

"किसी के लिए नहीं। मन को भा गईं और मैंने खरीद लीं, पर अब मन चाहता है कि इन्हें तुम पहन लो। देख तो सही, पूरी भी आती हैं क्या?"

"बिलकुल सही अंटी हैं।" चेतना ने चूड़ियां हाथों में पहन लीं और बोली!

अम्मां ने जब एक-दो सलवटें कपड़ों को तहाया तो एक बड़ा-सा लिफाफा एक कमीज की तह से छूटकर बाहर आ गया। अम्मां लिफाफे को एक तरफ रखती हुई बोलीं, "तुम्हें एक चीज़ दिखाऊं?"

"क्या?"

"पिछले महीने मेरे इकबाल ने मुझे एक अपनी फोटो भेजी थी। मैं ढेर समय से उसे कहती आ रही थी तस्वीर भेज देने के लिए। कभी-कभी मन उसे देखने के लिए घिरने लगता था।" अम्मां ने कहा और लिफाफे से तस्वीर निकालकर चेतना को दिखा दी।

तस्वीर को देखते हुए चेतना के माथे में एक टीस पड़ी। इकबाल को देखे दो साल हो चले थे, पौने दो साल। तस्वीर में इकबाल भी अब दो साल बड़ा हो गया था। तस्वीर को देखते-देखते चेतना उधर से अपना ध्यान हटाना भूल गई। चेतना की जवान आंखें जितने गौर से तस्वीर को देखे जा रही थीं, अम्मां की बूढ़ी आंखें उतने ही गौर से चेतना की ओर साफ ताक रही थीं।

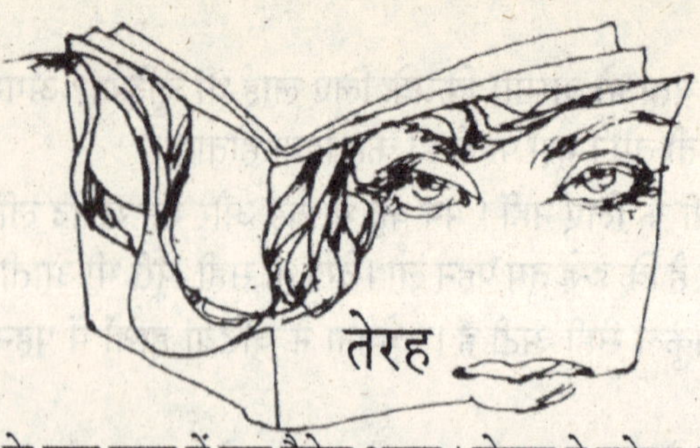

तेरह

चेतना के नाम डाक में एक पैकेट आया। चेतना ने खोला। कोई खत नहीं था साथ में। केवल लाल जिल्द वाली एक डायरी थी। डायरी के पन्ने लिखे हुए थे–पर पन्नों पर किसी का नाम नहीं था। चेतना एक-बारगी सारे पन्ने उलट गई–पर किसी का नाम न मिला। फिर चेतना ने पैकिंग कागज़ को ध्यान से देखा। पते के पास बायीं ओर मिन्नी का नाम लिखा मिला। घबड़ाहट में चेतना डायरी पढ़ने लगी...

बैठी हुई हूं। आकाश से पीठ टेककर बैठी हुई हूं। जिस पीठ को आकाश की टेक हो, उस पीठ की 'रीढ़' का हाल मैं किससे कहूं।

... ...

एक बार किसीने कहा था, "The music of poetry is not something whice exists apart from the meaning"-और मैं सोचा करती थी कि मनुष्य का आदर्शवाद वह संगीत है, जो ज़िंदगी की कविता और उसके अर्थ के साथ गहरे में कहीं जुड़ा हुआ है। पर जब मैं जग्गी को देखती हूं, या उसके साथी 'लीडरों' को देखती हूं तो लगता है... वे जो कुछ कहते हैं और जो कुछ करते हैं, वह उस संगीत जैसा है, जिसका ज़िंदगी के किसी अर्थ से कोई नाता नहीं।

... ...

एक बार मैंने कहीं पढ़ा था,"No poem can be complitely obscure for no poem can completely get rid of the logical sense", पर ज़िन्दगी... सोचती हूं... It can completely get rid of the logical sense.

... ...

मुझे यह कभी महसूस नहीं हुआ कि किसी भी अभागे आदमी का दुःख जग्गी को रत्ती-भर भी कभी अपना दुःख लगा हो। लेकिन फिर भी वह लोगों के दुःखों को बड़े सबर से सुनता है, और उन्हें इस तरह हौसला देता है, जैसे अपने को ढाढ़स दे रहा हो। और मुझे लगता है जैसे उसकी अपनी ज़िंदगी का कोई अर्थ न हो, और वह ज़बरदस्ती उसमें कोई 'अर्थ' ठूस रहा हो।

... ...

चाहती हूं, कुछ न सोचूं। पर पता नहीं मेरे मन में कितनी दारारें हैं। ख्याल चींटियों की तरह किसी न किसी दरार से निकल आते हैं। काली-काली चींटियों की एक पंक्ति बंध जाती है, और अपने छोटे-छोटे पैरों से बढ़ती हुई यह पंक्ति मेरे मन की दीवार पर चढ़कर इस कदर छा जाती है कि सारी दीवार काली दिखाई देने लगती है।

... ...

ताकत, पावर, बड़ी खूबसूरत चीज़ है। मैं जग्गी को यह दोष नहीं दे सकती कि उसे इसकी भूख क्यों है। सिर्फ इतना सोचती हूं कि इसी ताकत की जब इंसान अपने मन में तलाश करता है तो वह इसे एक महबूबा की तरह प्यार करता है, पर जब इंसान इस ताकत को अपने अंदर न खोजकर दूसरों में खोजता है तो वह इसे इस तरह चाह रहा होता है जैसे कोई एक वेश्या से प्यार करे।

... ...

पहले मैं हैरान थी कि जग्गी किस तरह मेरी इच्छा का सीधा रास्ता बदल देता है, इतना आहिस्ता से, इतनी नाज़ुकी से, कि मुझे खबर भी नहीं होती थी। मुझे तभी ध्यान आता था जब मेरी इच्छा उसके कदमों पर चलने लगती थी। अगर पैरों को झटका आता भी था तो वह मेरी अपनी हैरानगी की नज़र से। बड़ी छोटी-छोटी बातें हैं, पर एक तरह से बड़ी भी हैं। जिस दिन थकी हुई होती, उस दिन वह मुझे जलसे में चलने के लिए तैयार कर लेता था, जिस दिन मैं कहीं जाने के लिए तैयार होती, वह कोई ऐसा काम निकाल सामने रखता, कि मैं खड़ी की खड़ी रह जाती थी। कपड़ा खरीदती हुई मैं जिस रंग को भी चुनती, वह उस रंग को मन से भुलवा देता था। वह अब भी यही करता है। पर अब मुझे हैरानगी नहीं होती। शायद मुझमें हैरान होने का

दम भी बाकी रहा नहीं...कहीं एक चाबुक उसके हाथों ने पकड़ रखा है। यह चाबुक किसी की आंखों को नहीं दिखता। सिर्फ तभी भान होता है जब मन पर उस चाबुक के निशान पड़ जाते हैं।

... ...

मेरी छाती में कहीं एक कील धंसी हुई है। मैं सीधे चलती रहना चाहती हूं, रुकना नहीं चाहती। पर अचानक मेरे मन का दामन उसमें फंस जाता है। अच्छी-भली हंसती हूं, पर मेरे होंठों की मुस्कान उस कील में फंसकर फट जाती है।

... ...

मैं और जग्गी चलते-चलते अब उस मोड़ पर आ गए हैं जहां अगर हम दोनों एक-दूसरे से झूठ न बोलें तो बातचीत का रास्ता ही बंद हो जाए।... और हम एक-दूसरे से सच बोलें तो लफ़्ज़ों को आगे बढ़ने के लिए रास्ता नहीं मिल सकता...सामने गहरी मायूसी की एक दीवार आ खड़ी हुई है।... अगर एक झूठ बोले और दूसरा सच, तो जो भी सच बोलेगा उसका सिर उस दीवार से टकराकर ज़ख्मी हो जाएगा।...और हम दोनों एक-दूसरे से झूठ बोल रहे हैं।

... ...

झूठ के इस रास्ते पर बेहद फिसलन है। जाने किस समय किस अहसास का पैर फिसल जाए...

... ...

जिन लोगों के रास्ते में फौलाद के सींखचे हों, वे लोग चाहे कुछ कर न सकते हों, पर किसी दिन उन सींखचों को तोड़ देने का सपना ज़रूर देख सकते हैं, पर मेरे रास्ते में तो लहू-मांस के सींखचे लगे हुए हैं...एक औरत अपनी कोख से जब लहू-मांस को जनम देती है तो वह उन सींखचों के पीछे खड़ी होकर उन्हें तोड़ देने का सपना भी नहीं ले सकती...

... ...

मेरे बदन की एक-एक नाड़ी काने की तरह तनी हुई है। मेरा बदन जैसे कानों का एक जंगल हो। कभी-कभी 'सोच' का एक चाकू मेरे हाथ में आ जाता है। मुझे चाकू की धार से बहुत डर आता है...जाने यह क्या कर

गुज़रे। आज इसने कोने की तरह कसी हुई मेरी एक नाड़ी को छीलना शुरू कर दिया। उसे कलम की तरह गढ़ दिया और अब...अभी मैंने इस कलम से एक कविता लिखी है :

"तेरा इश्क मैंने संभाल कर रखा
ऊंचे से ऊंचे स्थान पर
अकल, इलम से ऊंचे स्थान पर
कथा, कलम से ऊंचे स्थान पर
कहर, करम से ऊंचे स्थान पर
और अपनी उमर से ऊंचे स्थान पर
समय-सार से ऊंचे स्थान पर
ऋतु, वार से ऊंचे स्थान पर
पुरुष-नार, से ऊंचे स्थान पर
और संस्कार से ऊंचे स्थान पर
पर आज...आज रात क्या हुआ...
लहू-मांस का सपना आया......
ख्यालों की तेज़ हवा बहती रही
और मेरी उमर कांपती रही
तेरे इश्क का ओढ़ना मांगती हूं
तेरे इश्क का कफ़न मांगती हूं
तेरा इश्क मैंने संभालकर रखा
बहुत बहुत ऊंचे स्थान पर
इतने ऊंचे स्थान पर
कि आज मेरा हाथ वहां नहीं पहुंचता।"...

... ...

समझ नहीं पाती हूं यह कैसी हालत है। यह हालत अपने-आप में एक भरपूरगी है, और अपने-आप में एक वीरानगी...

बाप, वीर, दोस्त और खाविंद
किसी लफ़्ज़ का कोई नहीं रिश्ता
यूं जब तुमको मैंने देखा
सारे अक्षर गाढ़े हो गए।

पर तुम बिन किसी अक्षर के
मेरें मन की एक अवस्था...
जिसमें न विराम है, न पूर्ण विराम
न ही प्रश्न-चिन्ह का अंकन है
सांसों के पृष्ठ लिखते हुए
ज़िंदगी की कलम में सिर्फ कंपन है।

तुम्हारी बात और मेरी अवस्था
वेदों, उपनिषदों से भी लंबी है...

... ...

कोई रिश्ता गले में पहने हुए कपड़े की तरह होता है जिसे कभी भी गले से उतारा जा सकता है। पर कोई रिश्ता नसों में बहते हुए ख़ून की तरह होता है, जिसके बिना इन्सान जीवित नहीं रह सकता।...और कोई रिश्ता बदन में पड़ी हुई खुजली की तरह होता है, नाखूनों से खरोंचकर उसे कोई जितना हटाना चाहता है, उतना ही वह चमड़ी में रसे जाता है।

आज...अभी एक कविता लिखी है। जानती हूं किसी 'पाधे' ने पत्री नहीं बांचनी...पर अगर कोई इस कविता को ही पढ़ ले...पर कौन पढ़ेगा?

कौन 'पाधा' पत्री बांचेगा...
तुम्हाशा सूरजवंशी इश्क
अब किस लग्न में है?

कितने ग्रहों का मंडल घिरा

शनी कहां था; और कहां गिरा?
चंद्रमां किस घर में था?
राहु और केतु किस ओर थे?
और इसने अपनी किस्मत में
कितने आंसू लिखवाए?
कितनी मुस्कानें लिखवाईं?
इसके दोनों पैर अपाहिज हैं
एड़ियां रगड़-रगड़कर जीता है
अपनी भूख को खुद चाटता है
अपनी प्यास को खुद पीता है।
यह हाथ मलते दिन गुज़ारता है
और आंखों में रात काटता है
नहीं जानती मेरे दिल के इस जनम में
यह और कब तक भुगतेगा?
कौन 'पाधा' पत्री बांचेगा...
आज मैं अपने हाथों की छुअन से
फिसलती जा रही हूं...
यह मेरे जिस्म की लाश है
आज बला की ठंड है
अगर एक चिरवा सुलगा लूं
मैं हाथ पैर गरमा लूं...

पर हर जगह एक कानून है
मरने का कानून
जीने का कानून
मरघट के बाहर रहने का

मरघट के अंदर जाने का

मैं कह बोल थकी हूं
किताबें खोल थकी हूं
कहीं भी किसी कानून की
कोई धारा नहीं मिलती।

... ...

इसके आगे डायरी के पन्ने कोरे थे। चेतना डायरी के लिखे पन्नों को देखकर इतना भयभीत नहीं हुई, जितना डायरी के कोरे पन्नों को देखकर। लिखे हुए पन्ने मिन्नी के दिल पर घटित होने वाले वे हादसे थे जिनसे मिन्नी की ज़िंदगी कराह रही थी, पर डायरी के कोरे पन्ने चेतना को लगा, मिन्नी के दिल में घटित होने वाले वे हादसे थे जो लफ़्ज़ों की पकड़ से, बाहर थे ..जो बात लफ़्ज़ों की पकड़ में न आ पाती हो, वह कितनी भयानक होगी। चेतना जैसे-जैसे सोचती जा रही थी उसके मन का भय बढ़ता जा रहा था। अचानक उसे ख्याल आया कि मिन्नी ने उसे यह डायरी क्यों भेजी थी? 'शायद इसलिए कि वह मुझसे अपने दिल की बात कहना चाहती हो... मुंह से कुछ बताना कठिन होता है...इसीलिए शायद उसने...' चेतना ने सोचा। इसके साथ ही चेतना को और भी कई तरह के ख्याल आए जिनसे घबराकर उसने अखबार उठा लिया। अखबार का पन्ना उलटते हुए जब चेतना की नज़र स्थानीय खबरों के तीसरे पन्ने पर गई तो उसकी आंखों में सिहरन दौड़ गई। एक खबर थी : "बाईस साल की एक जवान औरत 'मिन्नी' ने कल रात नींद की गोलियां इतनी खा लीं कि वह हमेशा के लिए सो गई। बताया जाता है कि तीन दिन पहले उसका बच्चा नीलू अचानक सर्दी लग जाने से चल बसा था। शायद इसी सदमे को सहन करने के लिए उसकी मां ने ज़रूरत से ज़्यादा नींद की गोलियां खा ली थीं। पोस्टमार्टम के बाद उसकी लाश उसके पति को सौंप दी गई।"

चेतना के हाथ से अखबार छूटकर फर्श पर जा गिरा। उसने पास पड़ी डायरी को उठाकर अपनी बांहों में इस तरह कस लिया जैसे वह मिन्नी को अपनी बांहों में ले रही हो।

'मिन्नी! यह क्या किया तुमने...यह कौन-सा रास्ता खोजा...मिन्नी!' चेतना बौराकर कभी डायरी को इस तरह कंसकर पकड़ लेती जैसे मिन्नी को अटका रही हो, और कभी वह डायरी को सामने रखकर उसे इस तरह देखने लगती जैसे मिन्नी को कह रही हो, 'अगर तुम कल मेरे पास आ रहतीं... कल...कल.. .इस समय...' और फिर चेतना को डायरी की जगह जैसे मिन्नी पर रोष हो आया हो, 'अगर मुझे यह डायरी भेजनी ही थी तो एक दिन पहले भेज दी होती...कंबख्त ने एक दिन भी इंतज़ार न की...ये दुःख ही तुम्हारे नाती थे...में तो कुछ नहीं लगती।'

'मिन्नी! तुम्हारे मन पर यह कैसा कुहरा जम गया था कि तुम चिता की आग सेंकने चल दीं...कोई और आग भी तो जलाई जा सकती थी...' बिलखकर चेतना बोली। पर वह जैसे-जैसे सोचती गई, शिथिल होती गई। उसकी बात सुनने के लिए अब मिन्नी वहां नहीं थी। और उसे लगा : 'मिन्नी भी शायद कभी इस तरह अकेली बैठकर नरेश से बातें करती होगी, और फिर बातें कर-कर थक जाती होगी।...उसकी बात सुनने के लिए कहीं नरेश नहीं था...नरेश को उससे ज़िंदगी की मजबूरीयों मे छीन लिया था...उसी तरह जैसे आज मुझसे मिन्नी को मौत की मजबूरी ने छीन लिया है...' चेतना शायद इस तरह ही सोचे जाती। पर अपनी इस समय की मजबूरी में उसका सांस इस कदर घुट रहा था कि मौत की मजबूरी की बात तो उसकी समझ में आ रही थी, पर ज़िंदगी की मजबूरी की बात उसकीं समझ में नहीं आ रही थी।

चेतना ने घबराकर फिर से डायरी उठा ली, लिखा था : "और कोई नाता बदन की खुजली होता है, जिसे जितना ही हटाना चाहो, वह उतना ही चमड़ी में रमे जाता है" और चेतना ने सोचा कि इस हालत से गुज़रते हुए मिन्नी की मजबूरी कितनी भयानक होगी! ।

चेतना ने डायरी का एक और पन्ना खोला। लिखा था : "जिन लोगों के रास्ते में फौलाद के सींखचे हों, वे लोग चाहे कुछ कर न सकते हों, पर किसी दिन उन सींखचों को तोड़ देने का सपना ज़रूर देख सकते हैं, पर मेरे रास्ते में तो लहू-मांस के सींखचे लगे हुए हैं..." और चेतना को लगा कि मिन्नी ने जो कदम कल उठाया था, उस कदम को वह अपने मन में बहुत पहले से ही उठा चुकी थी। उसके रास्ते में सिर्फ ममता का एक सींखचा लगा हुआ था—उसके बच्चे की मौजूदगी, जिसे तोड़कर जाने की हिम्मत उसमें नहीं थी।

जब बच्चा इस दुनिया से चल बसा, मांस का सींखा टूट गया, तो उसे भी अब जाने से कोई नहीं रोक सकता था।

चेतना ने डायरी का एक और पन्ना उलटा। लिखा था : "तेरा इश्क मैंने संभालकर रखा बहुत-बहुत ऊंचे स्थान पर..." और चेतना की आंखें छलकने लगीं। उसे मिन्नी का वह दर्द अपनी छाती में रिसने लगा जिस दर्द से उसने सारी डायरी में नरेश का नाम भी कहीं नहीं लिखा था। पर वह दोनों हाथ फैलाकर नरेश से उसके इश्क का ओढ़ना मांग रही थी, उसके इश्क का कफन मांग रही थी।

'मिन्नी ने इस इश्क को कहां रख दिया? उमर से भी ज़्यादा ऊंचे स्थान पर?...जहां कभी ज़िन्दगी का हाथ भी न पहुँचे...' सोचते-सोचते चेतना पसीज उठी, "मैंने भी तो इकबाल के इश्क को उस ऊंचे स्थान पर रखा हुआ है, जहां दुनिया के किसी रसम का हाथ नहीं पहुंचता... किसी कानून का हाथ नहीं पहुंचता...किसी दावे का हाथ नहीं पहुंचता. ..मेरा भी जाने क्या हशर होगा...शायद मिन्नी जैसा हशर...' चेतना ने दोनों आंखें मींचकर कुर्सी की हत्थी पर सिर टेक दिया।

कोई आध घण्टे बाद चेतना ने कुर्सी की हत्थी से अपना सिर उठाया। हल्की-सी नींद में उसकी आंखें झपक गई थीं प्रर आंखें खोलते ही उसे लगा कि उसके बदन का अंग-अंग टूट रहा है। सामने मेज़ पर मिन्नी की डायरी रखी थी। चेंतना की आंखें थकी हुई थीं और वह इस समय डायरी की तरफ नहीं देखना चाहती थी। डायरी के अक्षर जैसे उसकी आंखों को खरोंच देते थे। उसने अपना मुख घुमा लिया। पर वह जिस तरफ भी देखती, उसका ध्यान नहीं बंटता था। डायरी की जिल्द का लाल रंग उसकी आंखों में झड़ गया था। उसने डायरी को फिर उठा लिया। कभी कोई पन्ना उलटती, कभी कोई। और फिर चेतना ने चौंककर देखा कि डायरी का एक पन्ना उसने नहीं पढ़ा था। कुछ कोरे पन्ने इस पृष्ठ से पहले थे और कुछ बाद में, जिससे यह पृष्ठ पढ़ने से रह गया था। पृष्ठ पर गिनती की पंक्तियां थीं, पर उनके नीचे जो तारीख लिखी गई थी, वह आज से दो दिन पहले की थी। बिलकुल उसी दिन की, जिस दिन मिन्नी ने इस डायरी को कागज़ में लपेटकर डाक में डाला था। चेतना ने जल्दी में उस पन्ने को पढ़ा। एक छोटी-सी कविता-सी थी :

मेरा दिल शहतूत का पत्ता
तेरा इश्क रेशम का कीड़ा
सुबह-शाम पत्ते को खाता
और नरम रेशम बुनता।
इसका बुना हुआ वेश पहनूं
मैं ऐसे कर्म कहां कर पाई
हमेशा नंगी ही जीती रही।

फिर भी किस्मत समझू,
कोई इसका-बुना कफ़न ओढ़ा दे,
और इस तरह मैं नंगी ना मरूं...।

... ...

चेतना फफककर रो उठी। वह सारी की सारी डायरी के उस पन्ने पर इस तरह झुक गई जैसे वह डायरी न हो, मिन्नी की लाश हो और चेतना अपनी जान को बिछाकर उसकी लाश को ढक लेना चाहती हो।

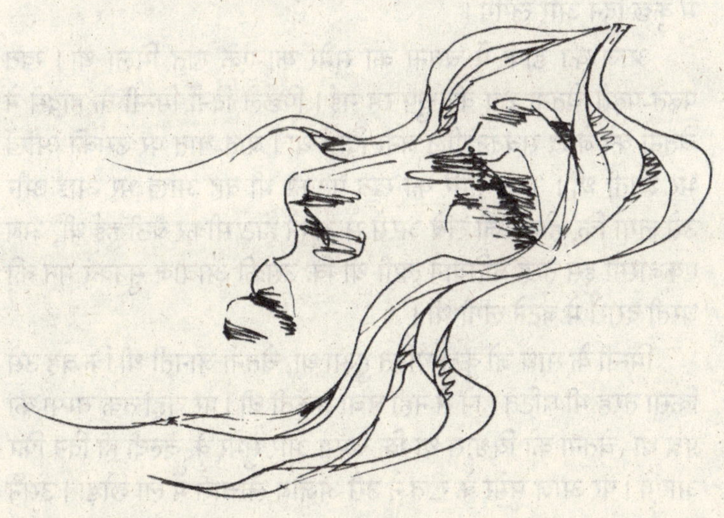

चौदह

दिल्ली के मकान का सौदा बनते-बनते रह गया था। एजेंट का कहना था कि मकान बेचने में जल्दी करना ठीक नहीं रहेगा। कुछ देर और इंतज़ार की जाए तो इसके अच्छे पैसे मिल सकते थे। इसलिए चेतना की मां दिल्ली में कुछ दिन और रहना चाहती थी।

बंबई से आते समय चेतना ने एक 'एडवर्टाइज़िंग-फर्म' में नौकरी की बात की थी। 'कापी-मैटर' लिखने की 'जाब' चेतना को पसंद थी। वेतन भी अच्छा था। कुछ दिन काम करके उसने 'फर्म' को विश्वास दिला दिया था कि वह इस काम को बखूबी संभाल सकेगी। साथ में उसने इस बात की छूट ले ली थी कि उसे कुछ दिनों के लिए दिल्ली जाना था, उसके बाद ही आकर वह काम बाकायदगी से शुरू करेगी।

कल चेतना ने फर्म के नाम एक चिट्ठी भेज दी थी कि उसे बंबई लौटने में कुछ दिन और लगेंगे।

आज की डाक में चेतना को सुमेर का एक खत मिला था। खत पढ़ते-पढ़ते चेतना चुप की चुप रह गई। पिछले दिनों मिन्नी के हादसे ने चेतना को बेहद संवेदनशील बना दिया था। बात-बात पर उसकी आंखें भर आती थीं। आज सुमेर का खत पढ़कर भी वह आंखें भर आईं और उसे लगा कि, होनी; जो लंबे अरसे से अपने होंठ सीकर बैठी हुई थी, अब एकबारगी इस तरह बतियाने लगी थी कि उसकी आवाज सुनकर मन की धरती दरारों में बंटने लगी थी।

मिन्नी के साथ जो कुछ घटित हुआ था, चेतना जानती थी कि वह उसे किसी तरह भी घटित होने से नहीं बचा सकती थी। पर जहां तक चम्पा का प्रश्न था–चेतना को विश्वास था कि चम्पा और सुमेर के जल्दी ही दिन फिर आएंगे। पर आज सुमेर के खत ने उसे अजीब लाचारी में ला छोड़ा। उसने

चेतना के खत के जवाब में लेखा था कि इन दिनों उसे चम्पा का ख्याल बहुत नहीं सताता। उसे 'कामनी' से इतना लगाव हो चुका था कि चम्पा से खाई चोट को वह भूलता जा रहा था। इस 'कामनी' को चेतना ने बंबई में देखा हुआ था। जब वह बंबई में थी तो कभी-कभी कामनी उसे और सुमेर को मिलने के लिए आया करती थी। यह सुमेर के दफ्तर में उसके बड़े आफीसर' की स्टैनो थी। चेहरा भी अच्छा था, चुस्त थी–पर चेतना ने उसे कभी सुमेर के साथ जोड़कर नहीं देखा था।...और चेतना जब से दिल्ली आई थी, चम्पा को मिली थी, उसके मन में चम्पा इतनी ऊंची उठ गई थी कि उसने मन ही मन चाव से चम्पा और सुमेर को एक कर लिया था। खत से सुमेर का ध्यान कामनी की ओर बंटा देखकर चेतना की आंखों में आंसू उतर आए।

'मिन्नी! तुमने बस एक डायरी लिखी और इस दुनिया से चली गईं... जैसे तुम कविताओं की डायरी लिखने के लिए ही दुनिया में आई थीं...

'चम्पी! अब मैं कौन-सा मुख लेकर तुम्हें मिलूंगी...तुम्हारी उदासी को किन आंखों से देखूंगी...तुम अकेली एक कमरे में बैठकर तस्वीरें बनाती रहोगी...और काले-पीले रंगों में अपने दिल की डायरी लिखती जाओगी...'

'और मैं...मैंने भी कैसी डायरी लिखी. ..मेरा जीता-जागता बच्चा, मेरी जीती-जागती डायरी. ..उसका माथा जैसे डायरी का एक पन्ना हो... उसकी एकटक देखती आंखें जैसे डायरी का दूसरा पन्ना हों...उसके सुबक होंठ जैसे डायरी का तीसरा पन्ना हों, और उसकी छोटी-छोटी बांहें ...'

चेतना का मन घिरने लगा, साथ ही उसने अपने को उलाहना भी दिया, 'यह रास्ता मैंने खुद चुना है...मैंने अपनी तकदीर को खुद चुना है... मैंने अपने सामने एक साल नहीं रखा, दो साल नहीं रखे, उमर के तमाम साल रखे हैं।...पर इसलिए नहीं कि पलक झपकते ही मेरी आंखें भर आती रहें...' अपने को दिया हुआ उलाहना जैसे चेतना ने खुद ही न माना हो। उसने खुद को समझाया कि अगर आज वह थिर नहीं हो पा रही थी तो इसकी वजह वह खुद नहीं थी। उसे आज मिन्नी का चेहरा बार-बार याद आ. रहा था–मिन्नी, जिसे जीना चाहिए था, मिन्नी–जिसे हंसना चाहिए था और जिसे 'चांदी की घंटियों' वाले गीत गाने थे। आज चेतना को उसका चेहरा बार-बार याद आ रहा था, जिसे तसवीरों में भरे हुए सारे रंग ज़िंदगी में भरने का मौका नसीब होना चाहिए था...।

चेतना को लगा कि उसके पैरों में सुलगन होत्ते लगी थी। पैरों के नीचे की ज़मीन जाने कितनी तपी हुई थी...मिन्नी के पैरों तले की ज़मीन...चम्पा के पैरों तले की ज़मीन...और न जाने किस-किसके पैरों के नीचे की ज़मीन...

चेतना से रहा न गया। उसे लगा कि पिछले दिनों उसने चम्पा को जो ढारस दिया था, वह उस ढारस के सामने मुज़रिम थी, उस ढारस की ऋणी थी, 'ढारस का सिक्का कैसा होता है...लोग इसे संभाल-संभालकर रखते हैं...पर इसे खर्च करके वे कुछ नहीं खरीद सकते...और उम्मीद का रास्ता कैसा होता है, उस लंबी गली जैसा जो कभी खत्म नहीं होती, और अगर खत्म होती है तो कहां आकर...रास्ता ही चुक जाता है...गली बंद हो जाती है...शायद उम्मीद की हर गली एक बंद-गली होती है...' चेतना को लगा कि अगर वह इसी तरह सोचती गई तो उसका सिर घूमने लगेगा... .

आज चेतना को अपना 'एकपन' बहुत भयानक लगा, 'मिन्नी का 'एकपन' भी शायद इसी तरह भयानक था, और चम्पा का 'एकपन' भी शायद इसी तरह...' चेतना के मन में एक आंधी-सी घिर आई और वह चम्पा को मिलने उसके क्वार्टर में चली आई।

स्कूल शायद अभी बंद हुआ था। चेतना जब पहुंची तो चम्पा अपने कमरे का दरवाज़ा खोल रही थी। चम्पा के साथ एक कोई दूसरी औरत भी थी। शायद उसके स्कूल में पढ़ाती थी और उसकी सहेली थी।

"चेतना!" चम्पा ने आगे बढ़कर उसका हाथ पकड़ लिया और उसे कमरे में ले आई।

"यह मेरी बहनों जैसी सहेली शकुन्तला है, चेतना! मेरे साथ ही यहां पढ़ाती है। मुझसे काफी 'सीनियर' है, पर फिर भी हम दोस्त हैं," चम्पा ने चेतना के पास खड़ी हुई सहेली का परिचय कराया।

चेतना ने शकुन्तला की ओर देखा। वह चेतना और चम्पा दोनों से उमर में बड़ी दिखती थी। पर उसके चेहरे पर अजीब मासूमियत थी। यह मासूमियत चेहरे के रंग में झांकती थी। कच्चे सिल्क की चिट्टी कमीज़ उसने पहनी हुई थी जिसकी रोशनाई उसके चेहरे पर दिप रही थी। चेतना को वह बहुत अच्छी लगी। उसने उसका नाम होंठों में दुहराया, "शकुन्तला!"

"शकुन्तला नंबर दो," कहकर चम्पा हंस पड़ी। शकुन्तला भी हंस दी

और बोली, "नामों और नंबरों से क्या बनता है! तुम लोग बातें करो, मैं चलती हूं।"

"बैठो तो शकु!. मैंने कई बार तुमसे कहा है कि कभी चेतना से मिलाऊंगी।

"अच्छा बैठ जाती हूं थोड़ी देर, पर तुम यह नंबरों की गिनती-विनती करना छोड़ो !"

चेतना ने एक ऊंचा मोढ़ा शकुन्तला के बैठने के लिए बढ़ा दिया और दूसरे पर खुद बैठ गई। कमरे में दो ही मोढ़े थे। कमरे की नुक्कड़ में एक खाट बिछी हुई थी। चम्पा उसके पाये पर बैठ गई। शकुन्तला ने मोढ़ा थोड़ा-सा खाट की ओर सरका लिया और चेतना की ओर देखकर बोली "यह तुम्हारी सहेली चम्पा, देखा। दिनों में ही कितनी बड़ी आर्टिस्ट बन गई है। इसे तो इसका गम रास आ गया है।"

चेतना आज अगर उदास न होती तो वह चम्पा और उसकी तस्वीरों की जाने कितनी बातें करती। पर आज वह बड़ी उदास थी। वह जानती थी कि चम्पा की तस्वीरों को जों गम रास आ गया है, वह गम उसकी ज़िंदगी को रास नहीं आया।

"मेरी तस्वीरें चेतना ने एक बार नहीं, दो बार आकर देखी हैं। मुझे कुछ रास आया है या नहीं, यह तो मैं नहीं कह सकती, पर तुम्हें तुम्हारा नाम अभी तक रास नहीं आया। यह वह शकुन्तला थी, शकुन्तला नंबर एक..."

"मैं जानती हूं कि आज तुमसे रहा नहीं जाएगा। तुम्हें जो कुछ चेतना को सुनाना है, सुना लो। मैं नहीं टोकूंगी।" शकुन्तला हंसकर बोली। चेतना को शकुन्तला की हंसी बड़ी प्यारी लगी। उसने शकुन्तला के चेहरे पर आज पहली बार एक अजीब बात देखी थी कि जिस औरत के मन में जाने कितनी पीड़ाएं दफन थीं, उस औरत के होंठों की हंसी पहरा दे रही थी।

"तुमने शकुन्तला की कहानी तो पढ़ी है न?" चम्पा ने चेतना से पूछा।

"हां।"

"उसकी जंगल में दुष्यन्त से मुलाकात हुई थी। वह तो जंगल में उसके विरह के गीत गाती रही थी और दुष्यन्त अपने राजकाज में इतना डूब गया

कि उसे शकुन्तला का नाम भी भूल गया।"

"हां।"

"कहते हैं कि वह शकुन्तला को देखकर भी उसे नहीं पहचान सका। बाद में मछुए की लाकर दी हुई अंगूठी को देखकर, जिसे दुष्यन्त ने शकुन्तला को जंगल में पहनाया था–दुष्यन्त को सब कुछ याद हो आया।"

"हां।"

"अब इस शकुन्तला को लो। इसका भी दुष्यन्त है। पर वह अंगूठी कहीं नहीं है जिसे देखकर इसका दुष्यन्त इसे पहचान ले।"

"चम्पा! काहे को इस दुष्यन्त का उस दुष्यन्त से मिलान करती है! बात को सचमुच भूल जाने में, और जान-बूझकर भुला देने में बहुत फर्क होता है।" शकुन्तला पहले चम्पा और फिर चेतना की ओर देखती हुई बोली, "मुझे तो अभी ज़िंदगी की सार भी नहीं थी...छोटी-सी थी मैं। बड़े अमीर बाप के घर में जनमी थी। सुंदर भी बहुत थी, जिससे मेरा बाप मुझे सात पर्दों के पीछे छुपाकर रखता था। स्कूल जाती थी बंद बग्घी में बैठकर, खुले मुख जाने का भी हुक्म नहीं था। स्कूल की पढ़ाई हो चुकने पर बाप का हुक्म हुआ कि मैं घर से बाहर नहीं जा सकतीं। गाने का बहुत शौक था, इसलिए बाप ने आज्ञा दे दी थी कि मास्टर से गाना सीख लूं। मास्टर को देखकर मुझे लगा कि मेरे पिता ने मास्टर को रखने में यह शर्त ज़रूर रखी होगी कि जिस बूढ़े मियां के मरने में एक साल रह गया हो, वही मुझे गाना सिखा सकेगा। किस्मत के दुत्कारे हुए मास्टर ने जब एक घिसे-पिटे भजन के स्वर निकाले तो मेरा सिर चकराने लगा। मैंने अपने पिता से कहा कि मुझे गाना नहीं सीखना, बल्कि आगे पढ़ना है। पिता ने किताबें मंगवा दीं। पर मुझे 'पोइट्री' की किताब देते हुए उन्हें ख्याल आया कि शायद इस किताब में मुहब्बत की कविताएं भी हों। मेरे पिता ने रात में सारी किताब पढ़ डाली और जहां कहीं उसे किसी लड़की की मुहब्बत का संकेत मिला, उसने मां से उन स्थानों को सुई-धागा लेकर सी देने के लिए कहा, ताकि वे स्थान मेरे पढ़ने में न आएं।"

"किताब के पन्नों को सी देने के लिए?" चेतना ने चौंककर पूछा

"हां, किताब के पन्नों को।"

"पर वह कोर्स की किताब थी?"

हां, एफ०ए० कोर्स की।"

"पर अगर इम्तिहान में कोई सवाल उस जगह से आ जाता जहां के पन्ने सिले हुए थे, तो?"

"तो क्या हुआ। मेरे पिता का कहना था कि वहां से ज़्यादा से ज़्यादा एक सवाल आ सकता था, और एक सवाल का जवाब न देने से कोई फेल नहीं होता।

"फिर शकुन्तला?"

"बस यही समझ लो! वह तो छोटी-सी बात थी, एफ०ए० का इम्तिहान। पर आगे चलकर इसने ही बड़ा रूप ले लिया। ज़िंदगी की किताब में जिस जगह मेरी मुहब्बत के गीत लिखे हुए थे, किस्मत ने सुई-धागा लेकर वे सारे पन्ने सी डाले। मैंने वे गीत नहीं पढ़े और अब ज़िंदगी के इम्तिहान में वहीं से सवाल आ गया है जिसका मुझे जवाब नहीं आता।"

"शकुन्तला!" कहते-कहते चेतना की आंखें भर आईं। आंखें भरते ही उसे ख्याल आया कि कितने ही दिनों से उसकी आंखें उमड़-उमड़ आती थीं, कभी उसकी आंखों में मिन्नी के आंसू आते, कभी चम्पा के, अपने तो आने ही थे, और शकुन्तला के भी...

"अपने मां-बाप के साथ मैं कुल्लू गई। वहां हमारे घर के साथ जिन लोगों का घर था, मालूम हुआ कि वहां कोई बहुत बड़ा राजनैतिक नेता ठहरा हुआ था। उसका एक जवान बेटा हाल ही में जेल से छूटकर आया था। मुझे जेल जानेवालों में बड़ी श्रद्धा थी। रोज़ कितनी ही देर अखबार पढ़ा करती थी। मन में हीरो-वर्शिप जग आई। देखा–दरमियाने कद का एक सांवला नौजवान था। पर मुझे उसके रंग और कद से क्या लेना था! वह ज़ेल से छूटकर आया था, और मैं जैसे उसके गले में हार पहनाने गई होऊं।

"और इस राह को तुमने अपनी जयमाला बना लिया शकुन्तला?"

"तब तो कुछ पता न चला। पर दूसरे साल जब अंग्रेज़ सरकार ने उसे फिर जेल में भेज दिया तो मुझे महसूस हुआ कि मेरे मन और मेरे तन का कुछ हिस्सा भी जेल चला गया था ..."

"फिर?"

"वह जेल से वापस आया। मैंने जाने कितनी तरह के हार गंथाए–फूलों के हार, मोतियों के हार, लाचियों के हार..."

"फिर?"

"वह एक शाम मेरे पास आया। उन दिनों मेरे पिता की बदली किसी दूसरे शहर हो गई थी। वह इनकम टैक्स में बड़े अफसर थे। पर मेरा छोटा भाई लाहौर पढ़ता था, जिससे मां और मैं अभी लाहौर ही थीं। मां से मैंने उससे मिलने की छूट ले ली थी। वह कई बार मेरे कमरे में आकर बैठा रहता था। एक दिन उसने मेरे जिस्म की मांग की। मैंने तो अपना सब कुछ उसे सौंप रखा था, जिस्म की तो बात ही न रह गई थी। आज भी उसका और कल भी उसका। उसकी चीज़ थी, उसकी अमानत, मैंने उसे दे दी।"

"फिर शकुन्तला?"

"कुछ दिनों बाद पता चला कि कहीं उसका विवाह होने चला था।"

"किसी और लड़की से?"

"हां, किसी और लड़की के साथ। उसने मुझे बताया कि यह उसके पिता की इच्छा थी, और पिता की इच्छा को वह नहीं लौटा सकता था।"

"वह अंग्रेज़ सरकार की मर्ज़ी की खिलाफत कर सकता था, अपने बाप की इच्छा की नहीं?"

"नहीं चेतना! वह अपने बाप की इच्छा नहीं मोड़ सकता था। जिस तरह हंसकर कभी उसने मेरा जिस्म मांगा था उसी तरह हंसकर उसने मेरी कुर्बानी मांगी।"

"कुर्बानी भी मांगनी होती है?"

"होती ही होगी। उसने मांगी और मैंने दे डाली।"

"शकुन्तला!"

"उसका विवाह हो गया। मैं उसे प्यार करती थी, हमेशा ही करना था। पर मैंने मन में सोच लिया था कि अब उसके और मेरे बीच सिर्फ मन का रिश्ता होगा, तन का नहीं। पर अपने विवाह के बाद उसने उसी तरह मेरे

जिस्म पर अपना अधिकार समझा, जिस तरह विवाह से पहले समझा करता था।"

"और तुमने यह हक उसे फिर दे दिया।"

"नहीं...मैंने उससे कहा कि मैं यह हक उसे तभी दे सकती हूं अगर वह मुझसे विवाह कर ले।"

"पर उसका विवाह तो हो चुका था?"

"हो तो चुका था। पर मैंने यह भी स्वीकार कर लिया था कि मैं उसके घर में उसकी दूसरी बीवी बनकर रहूंगी। मैंने रो-धोकर इस बात के लिए अपने-मां-बाप को भी मना लिया था, बेशक मेरे पिता क्रोध में इतने बेकाबू हो गए थे कि उसकी सूरत देखना भी नहीं चाहते थे।"

"फिर?"

वह विवाह के लिए मान गया। कर उसने कहा कि यह बात अभी लोगों तक नहीं जानी चाहिए थी। कुछ दिनों बाद वह खुद लोगों को बता देगा। मैं मान गई। वह मुझे एक पंडित के पास ले गया। पंडित ने मंत्र पढ़कर हमारा विवाह कर दिया और उससे एक कागज़ पर लिखवा लिया कि उसने अपनी इच्छा से विवाह किया था। पर चेतना..."

शकुन्तला ने सिर झुका लिया और बोली, "आगे मैं क्या बताऊं! होंठ नहीं खुलते।"

"शकु!" शकुन्तला का हाथ अपनी गोदी में रखकर चम्पा बोली, "तुम तो सचमुच शकुन्तला थीं। पर उसे दुष्यन्त बनना भी न आया। इसमें तुम्हारा क्या दोष है?"

"दो दिनों बाद पंडित मुझे बुलाकर बोला कि "बेटी! तुम्हारे साथ ज़ुल्म हुआ है। मैंने जो कागज़ लिखवाकर अपनी कापी में रखा था, लगता है जाते समय वह उस कागज़ को भी कापी में से खींचकर ले गया है। सारा नहीं खिंच पाया होगा, उसका एक फटा हुआ टुकड़ा मेरी कापी में बचा रह गया है। पर बाकी कागज़ वहां नहीं है।" यह कहकर उसने मुझे फटा हुआ कागज़ दिखाया।

"और फिर तुमने उससे कभी कुछ न पूछा"

"पूछा था। उन दिनों देश आजाद हो चुका था और वह चुनाव लड़ रहा था। उसने मुझे बताया कि उसे डर था कि कहीं पंडित वह कागज़ उसकी विरोधी पार्टी को न दिखा डाले। इसलिए उसने वह कागज़ वहां नहीं रहने दिया था।

"और उसने चुनाव जीत लिया?"

"हां, उसने चुनाव जीत लिया। पर वह मुझे अपने घर नहीं लेकर गया। वह. नया-नया राज्यसभा में आया था और उसका विचार था कि मुझे घर ले जाने से उसकी शोहरत में दाग लग सकता है।"

"और तुम अब तक उसका इंतजार कर रही हो कि वह आकर तुम्हें अपने घर ले जाएगा?"

हां," कहकर शकुन्तला ने सिर झुका लिया। उसने उस सिर को झुका लिया जो दिल की दरगाह में सिर तानकर खड़ा था।

इसके बाद शकुन्तला अधिक देर वहां नहीं बैठ सकी। उठकर अपने क्वार्टर में चली गई। न चेतना ही कुछ बोल पाई, और न चम्पा ही।

"मैं भी चलती हूं चम्पा! कभी फिर जाऊंगी।" कहकर चेतना मोढ़े से उठ खड़ी हुई।

"पर तुम मेरे पास तो ज़रा भी नहीं बैठी हो। तुम्हारा यह सारा समय तो शकुन्तला के साथ बीता है।"

"मैं आज बहुत उदास हूं चम्पा! रहा नहीं गया तो तुम्हारे पास चली आई थी। 'पर तुमसे भी क्या बात करूं! तुमसे बात करने के लिए भी मेरी जीभ साबुत नहीं रही......"

"चेती!"

"तुम्हारा सुमेर वह सुमेर नहीं रहा जो मैं सोचती थी। समझ नहीं पाती हूं..... मैं कैसे कहूं...."

"कुछ न कहो चेती!...शायद मुझे पहले ही आभास था...पिछले कितने ही दिनों और रातों से मेरे मन में एक अजीब 'डिप्रेशन' था......एक अजीब 'होंपलैसनैस......"

"होप...लैस...नैस" चेतना के होंठ इस शब्द को दुहराने में कांपने लगे।

पंद्रह

बाहर का दरवाज़ा खटखटाया। इकबाल की मां आई थी।

"तुम्हें बुलाने आई हूं बेटी!" अम्मां ने दरवाज़े पर ही खड़े-खड़े कहा।

"क्या बात है अम्मां?" चेतना ने घबराकर पूछा।

"सब कुशल है बेटी! रात को इकबाल आया हुआ है। तुम्हें बुलाया है।"

"इकबाल...अच्छा, अभी चलती हूं।" चेतना ने कहा और उसका दिल उसकी सांस-डोर में ज़ोर-ज़ोर से धड़कने लगा।

अम्मां दरवाज़े पर से ही लौट चली थी। चेतना बोली, "ठहरो तो अम्मां! तुम्हारे साथ ही चलती हूं।"

कुछ दूर आकर अम्मां बोली, "तुम चलो बेटी! मैं ज़रा बड़े बाज़ार हो आऊं। कितनी ही चीज़ें लानी हैं घर के लिए। मुझे पता नहीं था कि इकबाल कल रात आ पहुंचेगा, नहीं तो कल सुबह ही ले आती।"

अम्मां के बाज़ार की ओर चले जाने पर चेतना को लगा जैसे अम्मां ने चीज़ें खरीदने का बहाना किया हो जिससे वह और इकबाल अकेले में मिल सकें। पर चेतना को इकबाल के इस तरह अचानक मिलने की इतनी हैरानी और जल्दी थी कि उसे अम्मां के बहाने की बात जल्दी ही भूल गई। उसका रास्ता अपने-आपको इस बात के लिए दृढ़ करने में ही गुज़रा कि किसी तरह भी बच्चे का भेद उस तक नहीं जाना चाहिए। ।

"बच्चा मेरा है, सिर्फ मेरा...इकबाल ने न कभी इसे चाहा था, न इसका उससे कोई संबंध ही होगा..." चेतना ने इन शब्दों को होंठों से इस तरह दुहराया जैसे इस बात को ही याद दिलाते रहने की उसे ज़रूरत हो।

दरवाज़ा खुला था। वह उसके कमरे में दाखिल हुई तो उसने देखा कि इकबाल चारपाई पर दोनों तकियों पर बांहें रखकर इस तरह सिर झुकाए

बैठा था जैसे गहरी चिंताओं में डूबा हुआ हों।

"इकबाल..."

इकबाल चौंका नहीं। उसने तकियों पर रखा हुआ सिर ऊपर उठाया, चेतना की ओर देखा और चारपाई से उठकर चेतना के पास आ खड़ा हुआ। बिना कुछ कहे उसने एक हाथ चेतना के कंधे पर रख दिया।...

चेतना ने बहुत रोका, पर अपनी आंखों में थोड़े-से आंसू वह न रोक पाई। उसने सिर नीचे कर लिया। इकबाल ने उसकी कांपती पीठ पर हाथ घुमाकर उसे अपनी छाती से कस लिया।

"चेती!" काफी देर बाद इकबाल बोला। कमरे में आकर उसने चेतना को चारपाई पर बिठा दिया। आप फर्श पर बैठकर उसने अपनी दोनों बांहें चेतना के घुटनों पर रख लीं।

"इकबाल...तुमने खत नहीं लिखा मुझे?" चेतना ने उसी संयत आवाज़ में कहा, जो उसके स्वाभाव का एक हिस्सा थी।

"खत तो लिखा था, पर सोचा कि अपने खत का डाकिया भी खुद ही बनूं। इसलिए वह खत देने आया हूं।"

"कहां है वह खत?"

"इकबाल ने चेतना के घुटनों से दोनों बांहें उठाकर उसके सामने कर दीं और बोला, "यह लो मेरा खत।"

"गांवों में डाकिया जाता है तो वह खत देता हीं नहीं, बल्कि उसे पढ़कर भी सुनाता है।"

"तो मैं अब इस खत को पढ़कर सुनाऊं?"

"हां।"

"अगर इसमें कोई बुरी-भली बात लिखी हो तो?"

"डाकिये को इससे क्या?"

"अच्छा सुनो...लिखा है, 'लिख तुम इकबाल, पढ़ तुम चेतना, यहां सब खैरियत है, बाकी हवाल यह है कि...'"

"बहुत हुआ! बस रहने दो।"

"सारा खत नहीं सुनोगी? इसे लिखनेवाला दीवाना दिखता है। लगता है उसके होश कायम नहीं रहे। सुनो तो सही आगे क्या लिखा है। लिखा है कि अगर तुम मुझे अपने से विवाह करने की इज़ाजत दे दो..."

"इकबाल! इतने दिनों बाद मिलकर यही मज़ाक करना था?" चेतना घबराकर चारपाई से उठने को हुई। इकबाल ने अपनी दोनों बांहें फिर उसके घुटनों पर रख दीं।

"चेती!"

"इकबाल! सच बताओ तुम्हें क्या हुआ है?"

"सच बताऊं? मैं अपना कहा लौटा सकता हूं, अम्मां का नहीं।"

"क्या कहा है अम्मां ने?"

"कहती है कि वह पूना मेरे साथ तब जाएगी, अगर मैं तुमसे विवाह करूंगा।"

"क्या मतलब?"

"अम्मां ने मुझे तार देकर बुलाया है।"

"अम्मां ने तार देकर बुलाया है? तार उसने मुझसे नहीं लिखवाई... किसी और से लिखवा ली होगी...पर अम्मां ने तार देकर क्यों बुलाया है?"

"मैं रात-भर उससे पूछता रहा हूं। बस और कुछ नहीं कहती। यही कहे जाती है कि अगर मैंने तुमसे विवाह न किया तो वह कभी भी मेरे साथ नहीं रहेगी, बल्कि यहीं अकेली रह जाएगी।"

"पर क्यों?"

"मैंने कभी अम्मां से तुम्हारी बात नहीं की। मैं बिल्कुल नहीं समझ पा रहा कि उसने यह ज़िद क्यों पकड़ रखी है।"

"पर अम्मां ने यह कैसे सोच लिया कि वह मेरे विवाह का फैसला मुझसे बिना पूछे अपनी इच्छा से कर सकती है?"

"पता नहीं।"

"नहीं इकबाल, यह नहीं हो सकता।"

"चेती!"

"शायद अम्मां ने किसी तरह मेरा मन भांप लिया हो...या शायद मैं उसे अच्छी लगती हूं इसलिए...पर इसका यह मतलब नहीं कि वह एक लड़की का ज़बरदस्ती अपने बेटे से विवाह कर दे, क्योंकि वह लड़की उसे पसंद है।"

इकबाल ने अपना नीचे का होंठ दांतों में काटा। चेतना को कसकर अपने गले से लगा लेने का एक तेज़ ख्याल, एक अत्यंत गर्म लू की तरह उसके मन से गुज़रा। पर उसके इस सेंक को सह लिया और धीरे से अपना सिर चेतना के घुटनों पर रख दिया।

"नहीं चेती! यह बात नहीं। लगता है कि अम्मां ने किसी तरह मेरा मन भांप लिया है। उसे किसी तरह यह पता चल गया हैं कि मैं सारी उमर विवाह नहीं करूंगा और तुम्हें प्यार भी करता रहूंगा।"

"इकबा..."

"और कोई बात नहीं हो सकती चेती! ज़रूर यही बात होगी। जो बात मैं करना चाहता था, पर मैंने कभी नहीं करनी थी, वह अम्मां ने कर दी है।"

"पर इकबाल, तुम यह नहीं चाहते थे।"

"हर पहलू से मुझे यही लगता था कि विवाह नहीं करना चाहिए...तुम तो मेरे मन की सारी हालत जानती हो चेती!"

"हां, जानती हूं..." चेतना ने कहा और सिर झुकाकर किसी सोच में डूब गई।

"तुम्हें मेरे मन का 'कन्फ्लिक्ट' पता है, उसका कारण पता है...?"

"हां पता है।"

"तुम बहुत कुछ सोचे जाती हो चेती...मैंने यह बात तब नहीं मानी थी, जब तुमने चाहीं थी...उस बात को दो साल होने को आए हैं...शायद अब तुम्हें ही यह बात पसंद न हो...मेरे मन में तुम्हारा हमेशा वही चेहरा रहा है, जो मैंने पहली बार देखा था..."

"मेरा चेहरा अब भी वही है...वही मन है...मैंने कहा था कि अगर मैं

विवाह कर सकती हूं तो सिर्फ तुमसे...और किसी से नहीं।"

"अब भी वैसा कहती हो?"

"हां, अब भी।"

"मैं रात से ही हैरानी में डूबा हुआ हूं। मैंने यह कभी नहीं समझा था कि तुम मेरे नसीब में हो। रात अम्मां ने जैसे मेरे नसीब लिख दिए हों।"

"मैं यही सोच रही हूं कि अम्मां ने यह निश्चय कैसे कर लिया?"

"यह मुझे पता नहीं चेती! मैंने अम्मां को बिल्कुल नहीं कर दी थी। मैं कोई आधी रात तक उससे उलझता रहा। मैंने उसे उसके दुःखों के वे दिन भी याद दिलाए, जो मुझे याद नहीं दिलाने चाहिए थे। पर अम्मां ने मेरी एक नहीं सुनी। उसने एक रट लगा रखी थी। हां,...एक बात मुझसे कही गई थी।"

"क्या?"

"उसने एक बार आंखें भरकर यह सोचा था कि...जब तुम्हें उसकी बिरादरी का, उसके धोबी मां-बाप का पता चलेगा तो तुम्हारी आंखों में उसकी क़दर जाती रहेगी।"

"फिर?"

"और मैं यह बता बैठा कि तुम यह बात जानती हो।"

"फिर?"

"वह चकित हुई थी। पर उसके बाद उसने कुछ न पूछा।"

चेतना काफी देर चुप बैठी रही। शायद ख्याल में डूबी अपने से बातें करती रही। फिर एक गहरा सांस खींचकर बोली :

"तुम शायद एक बात नहीं जानते इकबाल!"

"क्या?"

"मैं जब बंबई गई थी..."

"वहां से तुम किसी का बच्चा गोद ले आई थीं।"

"हां।"

"सुमेर का शायद कोई दोस्त एयरक्रैश में मारा गया था। उसका बच्चा..."

"मैं कानूनन उस बच्चे की मां हूं।"

"मुझे पता है। तुमने कानूनन उस बच्चे को गोद लिया है।"

"मैं उस बच्चे को छोड़ नहीं सकती।"

"मैं कभी छोड़ने के लिए नहीं कहूंगा।"

चेतना इकबाल के चेहरे की ओर देखने लगी। इकबाल के नहीं, होनी के चेहरे की ओर देखने लगी।

सोलह

चेतना और इकबाल ने जब कचहरी के कागज़ों पर विवाह के दस्तखत कर दिए तो चेतना की मां ने जो सुख का लंबा सांस लिया, उस सांस को या तो सिर्फ चेतना समझती थी, या सुमेर समझ सकता था।

... ...

दिल्ली की नहीं, यह पूना की बात है। एक दिन इकबाल ने अलमारी से एक डायरी निकाली और उसे चेतना को देते हुए बोला, "पिछले दो साल मैंने तुम्हें खत नहीं लिखा था न! यह अर्सा मैं तुम्हारे सपनों से उलझता रहा हूं, तुम्हारे ख्यालों से। समय पाकर इस डायरी को पढ़ लेना...मन में बड़ी उलझन थी...पर मेरी सारी सोचों का सिरा तुमसे ही जुड़ा हुआ था।"

चेतना ने मुस्कराकर डायरी ले ली तो इकबाल फिर बोला, "और लगता हैं तुम्हें तो दो साल मेरी याद ही नहीं आई। न तुमने मुझे कोई खत भेजा, न कोई संदेशा..."

"मैंने भी एक डायरी लिखी है।"

"मुझे तो नहीं दिखाई तुमने।"

"लाऊं! देखोगे?"

चेतना कमरे से बाहर चली आई। अम्मां बाहर धूप में बैठी थी। दरी पर कितने ही खिलौने बिखरे पड़े थे। अणु खिलौनों से बैठा खेल रहा था।

चेतना ने अणु को गोद में उठा लिया तो अम्मां ने कहा, "इसे अंदर मत ले जाओ। मैं इसे नहलाने लगी हूं।"

"बस एक मिनट अम्मां! मैं अभी दे जाती हूं।" चेतना ने कहा और अणु को इकबाल के पास ले आई।

"तुम डायरी लाने गई थी..." इकबाल हंस पड़ा। बच्चे ने बांहे फैला दीं। इकबाल ने उसे गोद में ले लिया।

"डायरी सिर्फ कागज़ पर लिखी जाती है क्या?"

"और काहे पर लिखी जाती है?"

"ख़ून और मांस से भी कोई चाहे तो लिख सकता है।"

"क्या मतलब?"

चेतना हंसकर बोली, "इकबाल, यह डायरी मैंने तुम्हें पहले दिन ही दिखा दी थी। रोज़ तुम्हारे पास-पास रहती है, तुम्हारी बांहों में खेलती है, तुम्हारे बिस्तर में सोती है। पर तुमने कभी पढ़ा नहीं।"

"चेती!"

"तुम्हें उस दिन की बात याद है...जिस दिन अम्मां पटियाला गई हुई थी...दो साल हो चले हैं..."

इकबाल बहुत देर तक चेतना के चेहरे की ओर देखता रहा। चेतना ने किस तरह अपनी सारी ज़िंदगी चुपचाप उस एक लमहे के नाम रकम कर दी थी...उसने इकबाल को कभी कुछ न बताया, क्योंकि उसने इकरार किया था कि वह उसे कभी विवाह के लिए नहीं कहेगी...यह सारा समय उसने कैसे काटा होगा...उसे न मर्द का सहारा था, न किसी कानून का...

बच्चे को इकबाल ने पहले भी बहुत बार गोद में उठाया था, कई बार खिलाया भी था, बच्चा उसे प्यारा भी लगता था, पर आज की तरह यह बच्चा कभी उसकी छाती में नहीं धड़का था। आज उसकी गर्दन को छूते हुए बच्चे के छोटे-से सांस ने उसकी नाड़ियों के ख़ून की रौ तेज़ कर दी।

"तुम तो ज़ुल्म ढा देतीं, चेती!"

"मैं?"

"तुमने इस बच्चे की बात मुझसे कभी नहीं बतानी थी?"

"कभी नहीं।"

"और जैसे मैंने सारी उमर अपने पिता का मुख न देखा, उसी तरह यह भी कभी अपने पिता का चेहरा न देखता।"

"तुम अपने बाप से इसके बाप की तुलना नहीं कर सकते इकबाल!"

"अंतर तो है। मेरे बाप ने जानते-बूझते हुए इनकार किया था, और मैंने, इसके पिता ने, अनजाने में इससे इनकारी हो जाना था।"

"मैं मज़बूर थी।

"पर अगर तुम बता देतीं..."

"तुम सोचते कि बच्चे का भार डालकर मैं तुम्हें विवाह के लिए मजबूर कर रही हूं। मैं चाहती थी कि अगर कभी तुम मुझसे विवाह करना चाहो तो उसमें तुम्हारी अपनी चाह न हो–मेरे लिए, सिर्फ मेरे लिए। वैसे मैंने इसका नाम अम्मां के नाम पर रख दिया था। तुमने बताया था न कि अम्मां का नाम अनवरी है, सो मैंने इसका नाम अणु रख दिया, अणुराज।"...

इकबाल ने बच्चे को कसकर अपनी छाती से लगाया और कमरे से बाहर की ओर देखते हुए उसने आवाज़ दी, "अम्मां!"

"हां बेटा!" अम्मां की बाहर से ही आवाज़ आई।

"यहां आओ तो अम्मां, तुम्हें एक बात बताऊं।"

"फिर सुनूंगी बातें, ऊपर धूप ढलती जा रही है। अभी उसे नहलाना है। कहां ले गए हो अणु को उठाकर?"

"अम्मां अन्दर तो आओ न!"

अम्मां अन्दर आ रही। इकबाल समझ नहीं पा रहा था कि बात कहां से और कैसे शुरू करे।

"अम्मां तुम्हें एक बात बताऊं?"

"फिर सुनूंगी बातें। इसे मुझे दो पहले। नहला दूं इसे।"

"तुम्हें नहलाने की जल्दी पड़ी है...मेरी बात नहीं सुनोगी..."

"ऐसी कौन-सी बात है...?"

"अम्मां तुम नहीं जानतीं..."

"अरे पता है मुझे...यह तुम्हारी दीवानी तो सारी उमर कुछ न बताती ...न इसने मुझे बताना था, न तुम्हें...जाने इसका सबर कित्ता बड़ा है..."

"अम्मां!" चेतना अम्मां के चेहरे की ओर ताकती रह गई।

"मैंने तो पहले दिन ही पहचान लिया था बेटी।"

"पहले दिन? कब?"

"जब मैंने अणु को देखा था।"

जब तुमने अणु को देखा था...?"

"तुम्हें याद नहीं, तुम धूप में लिटाकर इसे तेल मल रही थीं..."

"हां।"

"मैंने इसे नहलाया था।"

"हां।"

"तुमने कभी इसकी पीठ देखी है?"

"इसकी पीठ?"

अम्मां ने अणु को इकबाल से अपनी बांहों में ले लिया और फ्राक उठाकर उसकी पीठ नंगी करती हुई बोली, "यह देखो तो वही निशान जो इकबाल की पीठ पर भी है। इसी जगह पर, इसी शक्ल का...यह निशान यूं ही पड़ गया है क्या?" अम्मां हंस पड़ी।

"और अम्मां, तुम इसीलिए..." इकबाल अम्मां के चेहरे की ओर देखने लगा।

"तुम्हें तार न देती तो क्या करती। सोचा, जो गुनाह तुम्हारे बाप के हाथ से हुआ था, वह तुम्हारे हाथों न हो।..."

"अम्मां!" चेतना की आंखों में आंसू छलक आए। उसने अपना सिर अम्मां की छाती पर रख दिया...अम्मां की नहीं, जैसे धरती की छाती पर रख दिया हो।

• • •